淺草鬼妻日記 四

妖怪夫婦未知的摯友之名

友麻碧

輕文學
Light Literature

目錄

瀑布傾瀉聲　早成絕響
然名聲流傳　今仍聽聞

「欸，公任大人，這首和歌是什麼意思呢？」
什麼都還不曉得的年幼茨姬，從簾子另一頭向「我」發問。
這首和歌是千年前的「我」——藤原公任，所吟唱的作品。
藤原公任是茨姬的親戚，同時是她的和歌老師。
「這首和歌的內容是在說……瀑布枯竭，隆隆流水聲在遙遠過往就已絕響，但那道瀑布的名字，直至今日都還能聽見人們提起。茨姬，妳懂了嗎？」
「唔……好像懂，又好像不太懂。」
茨姬手指抵著太陽穴，用小腦袋瓜努力思索的模樣十分討喜。
藤原公任，所有人都讚譽這時代中沒人比得上他多才多藝，又擁有輝煌功績。
然而，為什麼「我」卻吟唱描述著凋零景況的和歌呢？
「人類壽命極其短暫，但即使我死了，這個世界依舊會持續運轉。我想相信藤原公任這個名字、我留下的和歌、我做過的事，會在將來對這個世界產生助益。」

沒錯，我曾不經意地吐露真心話。

但當時茨姬想必無法理解其中涵義吧。

「公任大人，別擔心，你的名字一定會流傳後世，畢竟你為這座京城貢獻了這麼多。而且我聽說了喔，公任大人，你女兒嫁給藤原道長大人的公子——藤原教通大人對吧？我記得你女兒跟我一樣，都能夠『看得見』是吧？」

「她與其說看得見，頂多只是能感覺到而已。我女兒的力量沒有像妳這麼強大。」

「但真好呢，能身為讓父親感到自豪的女兒……」

茨姬看似憂傷地垂下眼。

「我」珍愛自己的女兒，茨姬卻不受父親疼愛。

「千年以後，還會有人知道我的名字嗎？」

「……茨姬？」

茨姬緩緩站起身，擅自掀開簾子走到外頭，凝視著雪花紛飛的庭院。

「不，絕對不可能吧。我跟公任大人不同，既沒有創作和歌的才能，又滿頭紅髮，連個結親的對象都找不著。像我這種人……一定會在沒有人知曉、沒有人需要我的情況下，死在這兒吧。」

那頭美麗的赤色髮絲，宛如在冬季天空下燃燒的溫暖火焰，但臉上神情卻極為脆弱又寂寞。

可憐的小姑娘。

與生俱備稀有靈力、能夠看見鬼怪的姑娘。

受這份力量所累，茨姬知道的世界就僅有自己的房間，還有能從窗戶望見的庭園而已。異於常人的她，總是遭到人們嫌惡、幽禁。

「茨姬，肯定會有人找到妳的。」

「……公任大人？」

「我沒辦法把妳從這裡救出來，可我一點都不認為，妳會就這樣無人知曉地死在這裡，我總覺得妳的名字將會流傳後世。」

茨姬驚訝地睜大雙眼。

就連公任本人，這時候也還不曉得，自己這句話究竟有什麼依據。

但後來藤原公任找當時的妖怪摯友「酒吞童子」商量這件事，促使他與茨姬相遇。

那是一切命運的開端。

光陰的齒輪開始轉動。

——欸，真紀、馨。

你們以極惡大妖怪茨木童子和酒吞童子聞名後世，即便在千年後的現代日本，那些故事也仍舊流傳著喔。

還有，藤原公任。

茨姬後來發現其實是大妖怪鵺的「我」，亦是如此。

我的名字將以輔佐平安時代的人類身分，並且同時以威脅平安時代的「大妖怪」身分，傳誦千古。

○

我現在的名字是什麼呀？

啊啊，對了，我是繼見由理彥。

「好像……作了個令人懷念的夢。」

明明我平常幾乎不作夢的。

內心泛起不可思議的感受，我從被窩中起身。

一如往常地打開窗戶，深深吸一口新鮮空氣。

好冷。有冬天的氣味。

「……咦？」

我低頭朝下方庭院望去，那間顯得與日式風格庭園不搭調、擁有半球形屋頂的玻璃帷幕陽光房，裡頭盈滿閃閃發亮的植物靈力，正靜靜地發光。

簡直像是墜落漆黑湖水中的水晶一般清澄耀眼。

是有新的花朵綻放了嗎？

「哇，好神奇，勿忘草居然在這麼寒冷的季節開花。」

「……哥哥，淺藍色小花既夢幻又可愛吧？」

那一天我上完茶道課回來，還穿著和服就探頭進陽光房瞧瞧，發現妹妹若葉正專注地照料那些植物。

似乎是「勿忘草」搞錯季節盛開了。

原來如此。

所以今天早上我從房裡往下看陽光房時，裡頭才會充滿新鮮的植物靈力。

「不愧是若葉呢。妳用心愛護植物，它們也回應妳的付出。」

「我只是憑感覺……我能聽到植物們的低語：現在想要喝水，把我移到陽光更充足的地方，然後我就會漂漂亮亮地開花給妳看喔。」

但若葉的表情逐漸蒙上一層陰影。

「可是，要是跟別人說這些……在學校就會被當成奇怪的人，所以我都不講。我也不喜歡被人說是騙子。」

若葉確實常因為這個理由在學校遭到取笑。

不光是植物的聲音。

偶爾會有不知名的影子追趕自己，看不見的東西對自己說話……
若葉確實看不見那些東西，但就是這樣才棘手。
不曉得這個世界上有妖怪，卻會察覺到奇異的氣息和存在。
「……沒關係，我很清楚喔。若葉不是騙子。」
所以，至少我想要成為懂她的那個人。
我輕撫若葉低垂的頭後，她抬起臉，展露柔和的微笑。
接著伸手碰觸眼前的勿忘草問我：
「欸，哥哥，你知道勿忘草的花語是什麼嗎？」
「嗯？印象中是……『別忘了我』。」
「……」
「若葉，怎麼啦？」
「沒什麼，只是覺得哥哥的聲音好不可思議。就連喃喃細語，那個聲音都會停留在耳朵裡，不會消失呢。」
我下意識地摸了摸自己的喉嚨。
確實，我的聲音有些特殊。那是肉體具備的能力，相當於真紀的「神命之血」和馨的「神通之眼」，而我的這種能力稱為「神言之喉」。
所以我得更加小心才行。拜這個能力所賜，從我口中說出的話語，很容易化為言靈。

「欸，哥哥，你要不要留在這邊喝茶？平常都是你幫別人泡茶，今天就讓我為你沏一壺花草茶吧。」

「當然好呀，花草茶絕對是若葉泡得比我更好。」

「媽媽說她烤了舒芙蕾起司蛋糕，我去拿過來，你在這裡等一下喔！」

「我也一起去吧？」

「不行！哥哥，你是我小庭院裡的客人。」

若葉立刻準備這場下午茶宴，將灑水壺往桌上一放，朝門口跑去。

但她又想起什麼，突然回過頭看我。

「欸，哥哥。有一件事，我從小就一直覺得很不可思議。」

「什麼事？」

「……嗯，算了，下次再說吧。」

若葉內心的那個疑問，當時的我還不曉得。

第一章 冬夜

「茨木童子大人～茨木童子大人～」

大半夜裡聽到有聲音呼喚我，讓我睡眼惺忪地慢慢從被窩爬起來。

我叫做茨木真紀，茨木童子是上輩子的名字，也有人喚我「茨姫」。

原本睡在我身旁的企鵝雛鳥小麻糬滾出被窩外，我趕緊將他拉回被子裡。

「大半夜的，到底是什麼事呀？」

窗戶上緊緊黏著三隻手鞠河童。我打開窗，冰冷空氣竄進房間，身體不禁發抖。

「怎麼啦？你們還跑到這裡來。」

「隅田川出大事惹～」

「一艘坐著妖怪的小船爆炸惹～」

「啊？什麼意思？」

有種不好的預感。

我將窗戶開大，深深吸了一口冬夜寒冷的空氣。

確實……周遭氣息比平常緊繃得多，四處可聽見妖怪們竊竊私語的聲音，代表真的有事發生了。

「我有種心驚肉跳的感覺。去看看好了。」

身為茨木童子的轉世，常會有淺草妖怪來拜託我幫忙解決麻煩事。這次也不例外。

我在睡衣外頭披上一件厚重的開襟針織衫，朝正睡得香甜的小麻糬低聲說「要乖喔」，親了一下他的額頭，就走到陽台套上木屐，拿起慣用的釘棒，縱身一躍跳下院子——立刻響起匡啷匡啷的鈴聲。

這、這是……陷阱！

「真紀！大半夜的妳是想去哪裡！」

正下方房間的窗戶滑開，馨一臉氣憤地探出頭。

「果然是你設下的陷阱。」

「果然個頭啦！還不是妳每天晚上都因為妖怪來求助就在外頭亂晃，這可不是一個高中女生該有的生活，太危險了。乖喔，我給妳點心吃，趕快回房間去。」

「我老公真的是很愛瞎操心耶，我又不是去找外遇對象幽會。」

「喂，我不是在擔心這個！」

伸手抓頭的這名高中男生，名叫天酒馨。

他上輩子的名字是酒吞童子，號稱史上最強的鬼，同時是我的老公。

我也不是不能明白他在擔心什麼，但我們可是前大妖怪，不是一般高中生。

「馨，你看，手鞠河童緊緊黏在我臉上不肯走，一直催我快點快點，他們說隅田川有艘船爆炸了。」

「啊？船爆炸了？這麼嚴重的情況，根本不是我們該插手的事吧？應該要去報警呀。」

「但他們說上面坐的是妖怪。這不太對勁吧？而且空氣中的氣息也不太尋常。」

馨察覺到我話中涵義，也抬頭望向天空。

「……的確有一種奇怪的感覺。喂，那我也一起去。我穿個外套，妳等我一下。還有圍巾呢？圍巾放哪裡去了？」

「要穿暖一點喔。」

「這句話我原封不動地還給妳，這種季節還穿那麼少。」

馨準備出門時，我在我們住的破爛公寓「野原莊」的院子裡來回走動。

「啊，是石蓮花耶，開得好漂亮喔，是房東種的嗎？」

院子花圃裡，花兒正嬌豔綻放。因為房東平常有用心在照料。

植物真是了不起，一入夜就會像這般輸送新鮮靈氣到空氣中，所以綠意豐沛的場所很適合妖怪生存。

只是最近這種場所越來越少了……

「咦？阿熊跟阿虎的房間還亮著耶。」

引起我注意的是這棟公寓的一〇一號房。

裡頭住的是前世也和我們有深厚關係的獸道姊弟。現在他們倆是炙手可熱的人氣漫畫家，三更半夜也還在工作吧。

這時，包得密不透風的馨剛好從陽台走出來。

「欸，馨，阿熊和阿虎好像還醒著耶。」

「他們兩個就是日夜顛倒呀。那部漫畫的動畫版就快開播了，現在工作應該堆到天花板了吧。好，我們趕快去吧。」

馨將自己的圍巾繞上我的脖子。

真是的，老公太愛我了，真令人困擾呢……

「所以咧，是怎樣？隅田川怎麼了？」

「有外來種～」

「爆炸時，他從船上摔下來惹～」

我和馨對望一眼。

現在時間大概是半夜兩點，為了別讓警察伯伯抓去輔導，我們專挑小巷走，偶爾靈巧地跳過淺草大樓的屋頂移動，最後降落在隅田川鋪著地磚的岸邊。

川中巨大的水流看起來與白天略有不同，深暗且幽黑。

對岸的晴空塔也已經熄燈，這一帶顯得十分寂靜。

「喂，沒有什麼爆炸的船呀？根本安靜得像什麼也沒發生過。」

「可是，果然……有股味道。燒焦的臭味，還有血的氣味。」
「既然說是外來種，那就是外國來的妖怪吧？像狼人魯那樣。」
「馨，你看，是血跡。」
我們在岸邊發現了血痕。那傢伙從水裡爬出來，點點血跡橫越過人行步道，消失在隅田公園的花壇。是用泥土掩蓋住鮮血的氣味嗎……？
「好像是從河邊爬上來的，會是魚類妖怪嗎？」
「不是魚類，更圓一點、胖一點。」
「很像大象吧～」
「大象？」
有什麼妖怪外表長得像大象嗎？搞不好異國有這種妖怪，但那超出我的認知範圍了。
手鞠河童提供的線索跟往常一樣，實在太過籠統，根本幫不上忙。
「既然血的氣味斷了，那就得追蹤靈力的氣息，可是完全找不到耶。」
「啊，那個東西沒有什麼特別的氣息喔～」
「不像我們渾身腥臭味呢～」
的確，手鞠河童就連靈力都散發著一股腥臭味。
「是難以察覺的妖怪嗎？」
「偶爾會有些妖怪沒有氣味，鵺也屬於那一類。」

我們在討論的絕非體臭，而是靈力的氣味。

妖怪的嗅覺十分敏銳，能夠藉著嗅聞靈力的氣味來找出對方的藏身之處，或是估量對方的力量。

但也存在一些妖怪，可說是完全沒有氣味。這種傢伙就算混進人群之中，也很難發現他其實是妖怪。

「不過他流了這麼多血，應該沒救了吧？」

「但要是身受重傷，應該走不遠才對。我想救他……」

我們在附近搜索一會兒，但仍沒發現手鞠河童口中的外來種蹤跡。

不知不覺中，四周已經滿滿都是從巢穴爬出來的無數手鞠河童。

雖然請他們幫忙一起找，但還是連個影子都沒看到。那傢伙大概是已經逃到別的地方吧。

「明天去找淺草地下街的大和組長商量吧。在事情變得棘手之前。」

「也對，跟他說一下比較好。」

結果，那一天我們毫無斬獲地回家去了。

隔天是我們高中的結業式。

今天起，期盼已久的寒假終於到來。

「哦，原來發生了這種事，難怪你們兩個今天看起來都有點睏。」

在民俗學研究社的社辦裡，正將有如裝著新年料理般的多層木盒一一打開來的人是繼見由理彥。

由理也和我跟馨一樣，上輩子是妖怪，在這一世轉生為人類。

只不過，他有一點跟我們不同，經歷略為奇特。在千年前的平安時代，他不僅是稱作「鵺」的妖怪，同時是名為「藤原公任」的人類。

我們這個前妖怪三人組，老是像這樣窩在民俗學研究社的社辦，整理現世妖怪的資訊，解決迎面而來的難題，或者是思考擁有怪異出身的自己，究竟該如何才能獲得幸福。

「哇！今天的便當也很豪華耶，我最喜歡由理媽媽做的菜了。」

更何況，美味的食物是幸福不可或缺的要素之一。

由理今天帶的便當，是他媽媽特別為了慶祝學期結束所做的，味道與高級日式料亭相比絲毫不遜色。

而且由理媽媽總是會連同我跟馨的份一起準備，叫由理帶來。

「我們待會兒要去淺草地下街，由理也一起來嗎？」

「啊啊，抱歉。今天我要去上茶道課，然後得跟我媽會合，陪她去買東西。我爸聖誕夜生日，她說要去銀座的百貨公司買條新的領帶，叫我幫忙挑選。」

「哦～」

我跟馨一邊吃個不停，一邊出聲應和。

其實我們從來沒進過銀座的百貨公司，也沒有機會進去。

這個富家少爺……

「哎，比起這個，我更在意的是若葉。」

「嗯？若葉怎麼了嗎？」

若葉是由理的妹妹，就讀國中一年級，一位甜美可人的女孩。

「平常要是去銀座買東西她都會跟，今天卻說她不去。」

「為什麼？她有其他事要忙嗎？」

「嗯……原本她就因為身體不好，比較偏愛窩在家裡，但最近似乎喜歡上獨自四處走走，享受一個人的時光。」

「哎呀，畢竟她也上國中啦，已經不是黏在哥哥屁股後頭跑的年紀，會開始拿一些時間去做感興趣的事。」

「喂，由理，搞不好她是交男朋友了，瞞著哥哥偷偷去約會喔。」

聽到馨不懷好意的這句話，由理握拳捶了一下桌面。

「不可以！這種事我絕對不答應！我不會讓她嫁人的！」

「你的戀妹情節還是很嚴重耶。」

「話說回來，她這個年紀還不能嫁人吧？又不是平安時代。」

只要一提到妹妹的事，由理平日的冷靜沉著就會喪失殆盡。
他非常重視家人，平常就老是把「家人最重要」這句話掛在嘴上。
其中又特別疼愛妹妹，有一點戀妹情節。
我的家人都已經不在了，馨則是一家四散各地。因此，我對於繼見家和睦融洽的幸福模樣總是暗自欣羨。他們家有一種安穩的感覺。
但這也是由理為了維護家庭和樂，花盡心思努力的結果。
他在這個方面非常聰慧，跟我和馨不同。
由理很珍惜家人，他的家人也重視他。看見他們這般相互愛護，我很開心。
「你們兩個也是聖誕夜要去江之島約會對吧？真～好～甩開我這個電燈泡兩人去玩。」
「由理也一起去吧？」
「不不，不能這樣喔，真紀。這樣馨太可憐了。」
「哪有什麼可憐啦，你的話沒關係呀。」
「如果我去了，就不是約會了吧。雖然跟平常一樣三人出遊也不錯，但這種事還是要分清楚才行。你們已經變成那種關係了吧？」
「……」
我一時反應不過來，雙眼眨個不停。
在修學旅行時，我跟馨更誠實地面對彼此，關係變得更為緊密，但回到淺草後的生活，就跟至今沒什麼兩樣。

由理說的「那種關係」到底是哪種關係？

不是前世夫妻，而是其他的……關係嗎？

「哇哈哈！當然是在指男女朋友的關係呀！」

社辦的門突然被強勁推開，有位身穿運動服的男子，從隔壁的美術教室大搖大擺地走進來。

社辦內的溫度大概因此瞬間上升了兩度。

「大黑學長，身為淺草寺的神明，你居然會用『男女朋友』這種現代字眼。」

「廢話，真紀小子！你覺得我至今聽過多少學生傾訴他們的青春煩惱？每次我都會鼓勵他們『抱著必死決心衝看看吧』，要是真的不幸失敗，『就來我懷裡哭一場』！」

「……」

大黑學長站到我和馨的身後，拍拍我們的肩，用長輩叮囑晚輩的語調說「你們也要清清白白地交往呀」，聽了就讓人一肚子火。

這一位是淺草寺大黑天，同時是我們高中的美術社社長，大黑學長。

他是位熱血奮發、思考過於正面的神明，簡直如同象徵著淺草寺人潮絡繹不絕、熱鬧非凡的活力一般。

「話說回來，學長明年要怎麼辦？會畢業嗎？」

馨拋出一個單純的疑問。

「我呀，是永遠的高三生，永遠的大黑學長。我會先跟著大家一起畢業，然後再若無其事地又從高三開始讀。只要竄改一下學生們關於我的記憶就好了。沒錯……一次又一次，再一次，不停輪迴。」

「你又來了，老是做這種明顯違反現世規矩的事。」

「不愧是高高在上的神明呀。」

沒錯。

就算春夏秋冬循環一周，「大黑學長」這個身分也不會有絲毫改變。簡直就像受全國喜愛的動畫角色般，是永遠的高三生。

直到他本人玩膩為止，這設定想必都不會有所變化。

每年都施展「神明的力量」竄改認識自己的人們記憶，絲毫沒把現世的規矩或禁忌放在眼裡。

擁有淺草寺這個強大靠山的神明，就是擁有如此驚人的力量。

「喂，你們也來幫忙。」

大黑學長似乎是來民俗學研究社搬素描用的石膏像，隨口使喚我們幾個前大妖怪。畢竟這裡原本是美術室附屬的器材室。

這也是出於他身為淺草神明才有的特權。

根本是職權騷擾吧！

「啊～累死了。」

我們把石膏像全搬到美術社之後，再度回到社辦。

正想泡茶喘口氣的時候——

噹～～噹～～噹～～噹～～

『叶老師、叶老師，請盡快回到教職員辦公室，您有訪客。叶老師，請盡快回到——』

校內廣播響起，我們三人睜大雙眼互看彼此。

「在叫我們的指導老師耶，找不到他嗎？」

「這麼說來，今天他一直看起來滿想睡的。」

「結業式時我看到他就坐在折疊椅上睡著了……」

叶老師不僅是我們民俗學研究社的指導老師，還是那位大陰陽師安倍晴明的轉世。

是說，在大妖怪轉世的我們眼裡，他就是宿敵。不僅上輩子糾纏不清，現在也還抓不到究竟該跟叶老師保持怎樣的應對距離。

還有，他老是一副懶洋洋、沒幹勁的模樣。

「那傢伙該不會在那裡吧？」

「那裡……？學校的『狹間』？」

「不管晴明的轉世人在哪，都不關我們的事吧。」

「……」

「……」

叶老師的事，跟我們一丁點關係都沒有。

明明不關我們的事，卻開始有些坐立難安……

「啊～～煩死了！好不容易才脫離大黑學長的使喚，現在又換這個麻煩的指導老師嗎！」

三人紛紛站起，奔向收著打掃用具的鐵櫃，前往那一邊的世界。

沒錯，就是裏明城學園。

那是馨在這個學校的另一側時空中，完全仿照學校外觀創造的狹間結界。

我記得狹間中的舊理化實驗室，確實是因為某些緣故成了叶老師的私有物。

「喂，晴明！」

一用力拉開舊理化實驗室的門，就看到叶老師戴著眼罩躺在休息用的鬆軟沙發上呼呼大睡。

「啊啊！你這個混帳！居然在我做的狹間裡，打造一個專屬休息室！」

「飲水機、電熱水壺、居然連咖啡豆和磨豆機都有……啊，還有用理化實驗器材煮過泡麵的痕跡。」

「喂！晴明！安倍晴明！校內廣播剛剛一直在找你喔。」

我們使勁搖晃橫躺的叶老師。

「嗯……不是晴明……要叫叶老師……」

他勉強發出低沉悶厚的聲音，講了那句抱怨口頭禪，同時緩緩爬起身。

接著取下眼罩，將垂到眼前的金髮撥開。

只要他不開口，就是位連混血模特兒都要甘拜下風的美男子。

但他在眨了眨眼後，就慵懶地大伸懶腰，還拉長背脊、旋轉肩膀，發出劈哩啪啦的聲響，破壞了美男子的形象。

啊啊……

我們為什麼要特地來叫醒這個上輩子結下孽緣的傢伙呢……

「喔……你們是怎樣？吵別人睡覺。」

「誰要來吵你呀！是學校廣播在找你啦。該不會是有什麼要緊事吧？」

聽到馨的話，叶老師臉色一變，「啊」地大叫。簡直像是手鞠河童一樣。

「似乎心裡有底呢。」

由理嘆一口氣。我傻眼地搖搖頭。

「……反正是討人厭的客人，讓他等一下沒差。只要說我是因為顧著學生的社團活動才遲到就好。要是有人問起，你們也要配合這個講法。」

「你這個成年人也太糟糕了吧！」

我們三人異口同聲地吐嘈。

你才沒有顧著學生的社團活動，而是麻煩學生顧著你吧。

叶老師拖拖拉拉地披上白衣，表情看起來滿心嫌惡。看來那真的是個討人厭的客人吧。

「啊啊，對了……繼見。」

叶老師要踏出理化實驗室前，難得點名由理，用慵懶卻藏著祕密般的眼神望向他。

「你到底打算裝到什麼時候呢？」

「……」

「根據我的占卜，你的那個『謊言』，很快就要被揭穿了。」

對於叶老師的這句話，有所反應的反倒是我。

「那是指……」

難道是在說由理撒的那個「謊言」嗎？

『為什麼你們要撒謊呢？』

這是叶老師剛來這間學校時，劈頭就質問我們的問題。

關於前世，我們三人分別對彼此撒了謊。

我的謊言已經在京都被揭穿，但還不曉得由理和馨的謊言分別是什麼。

「你的占卜從來不會出錯，那對我是個威脅呢。」

由理臉上的笑容絲毫不減，但瞇細的雙眸深處，目光極為冰冷，令我有些不寒而慄。

「但也不需要你來給我忠告，我的『謊言』是屬於我自己的。」

「……呵，你別對自己的力量過度自信比較好喔。」

由理與叶老師交會的視線，靜靜地火花四濺。

叶老師臉上的諷刺笑意依舊，同時伸手翻好白袍衣領，走出這間理化實驗室。

喀噠喀噠喀噠，他的腳步聲逐漸遠去。

「……由理？」

我瞄了一眼身旁的由理。

他一如平常神色自若，剛剛那道嚇人的寒涼目光，已經消失得無影無蹤。

由理的謊言。

果然他也有事情瞞著我們。

叶老師知道那個真相，而且預告謊言很快就會被揭穿。

我鼓起勇氣，單刀直入地詢問：

「由理……那個『謊言』，不能告訴我們嗎？」

「咦？嗯！而且現在也還沒有那個必要。」

結果他光明磊落、滿面笑容地拒絕了。

他拒絕的態度太過自然，我跟馨也只能打退堂鼓，應了一聲「喔」，無法再繼續追問。由理非常清楚該怎麼應付我們。

對於由理的謊言，我一點頭緒都沒有。

正因為如此，毫無弱點的由理，他的謊言遭到揭穿時會是何種情況，我也完全無法想像。

在那之後，我和馨前往淺草地下街的妖怪工會總部。

雖然依舊掛心由理，但現在必須先調查昨晚那件事。

那是一個為在淺草工作的妖怪服務的組織，位於地底下，要從和銀座線淺草站直接相連的「淺草地下商店街」其中的某間居酒屋裡頭的門走下去。

「唷！茨木、天酒，上次碰面是你們拿修學旅行的土產來的時候吧？」

淺草地下街有個統率這個組織的人物，灰島大和組長。

黑色西裝搭上後梳油頭的打扮非常有特色，加上長相凶惡，常被誤認為流氓或黑手黨。但別看他外表這樣，其實是位充滿人情味，能夠看得見妖怪的人類。

我們這幾個前大妖怪並非正常人類，又各自有些難處和問題，經常承蒙組長照顧。他從年輕時，就一直為淺草妖怪和神明們奔波忙碌著。

年紀輕輕就一臉滄桑，肯定是日夜操勞煩心的緣故。總覺得他今天看起來又更憔悴了……

「那個呀，組長，有件事我們有點擔心。」

說明完昨晚的事情之後，組長重重往沙發一坐，雙手環抱在胸前。

「這件事呀，其實我們也正在追查。目前打聽到的消息是，昨天晚上有艘船在沒有獲得許可的狀態下行駛於隅田川，船上還坐著外地妖怪。不過那艘船發生意外，外地妖怪逃之夭夭。」

「我們昨天晚上有去隅田川，但根本沒看到船耶。」

「關於那一點，現場有留下驅使隱遁之術收拾善後的痕跡。」

「……也就是說，至少是使用術法的傢伙幹的好事吧。」

「嗯，恐怕是某種組織做的。不是人口販子，可說是『非人販子』吧。之前狼人魯那次也是類似的案件。」

馨嘆氣般低聲說：「狩人嗎？」

「正是，天酒，那些傢伙俗稱『狩人』。就如字面意思，是狩獵妖怪的人類。有些人單獨行動，也有些人是建立組織做生意。這種生意能夠成立，就代表有一群購買非人生物做為收藏品、擁有惡劣癖好的傢伙存在。淺草有許多神明看守著，也有像我們這樣的妖怪工會，我真沒想過那些傢伙敢把魔掌伸向這塊土地……」

「我聽說最近反倒是這種地方會被列為目標喔，因為那是一群對神明毫無敬畏之心的獵奇傢伙。淺草住著各式各樣的妖怪，種類比其他地方更多，因而挑起了那些傢伙的好奇心吧。」

「嗯？」

這時從辦公室入口傳來另一道聲音，所有人都轉頭看去。

那兒站著的居然是陰陽局的青桐，後方還跟著狼人魯。

「午安，淺草地下街的大和先生，還有天酒、茨木。」

「……你為什麼來這裡？」

「啊啊，是我請他過來的。我認為這件事必須要跟陰陽局合作才能解決。」

說這句話的人是大和組長。他站起身招呼青桐就座。他明明長相這麼凶惡，身段卻能這麼柔軟啊。

另一邊，我和站在青桐身後的魯對上目光，朝她笑了笑，她也輕輕報以微笑。

她的身材似乎比之前略為豐腴，看起來變健康了。

正式套裝的打扮非常適合她，有種幹練職業女性的氣質，感覺很可靠。

「魯，妳也來旁邊坐下吧？」

青桐出聲叫魯在自己身旁坐下，但她搖搖頭。

「不要，我得守在你的背後才行。」

「啊哈哈，魯，這裡很安全喔。」

「你說什麼呀？明明一天二十四小時都有傢伙想取你性命，詛咒四處流竄，刺客式神頻頻出沒，還光明正大地開車差點把你輾過去。」

「真是討厭呢。但最近因為有魯在，所以我很放心喔。」

從青桐和魯的對話，能看出兩人處得相當好。

而對話內容也稍微透露了青桐艱難的日常處境……到底是什麼想取他性命啊？

「啊啊，抱歉，岔開話題了。」

「沒、沒關係。」

「遇見你們正好。隅田川那件事雖然也很令人在意，但天酒，我有些事想問你，可以嗎？」

青桐推了推眼鏡，目光直直望著馨，乾脆地切入重點。

「關於你是酒吞童子轉世這個事實。」

另一方面，馨的反應則顯得輕描淡寫。

「……嗯，好啊，原本我就明白很快得面對這個問題。」

馨的真正身分是酒吞童子轉世。自從這件事在京都的修學旅行中浮上檯面後，今天是我們第一次與陰陽局的人碰上面。

「茨木，抱歉，我可以借一下天酒嗎？」

「……這是在叫我出去的意思嗎？」

「我有些話得跟天酒私下談談……」

我內心頓時浮現不安，望向青桐的眼神染上些許不友善。

但魯馬上走到我身旁蹲下，用手輕輕包裹住我放在大腿上捏緊的拳頭。

「真紀，沒事的，請妳相信青桐。」

「……魯。」

「青桐是為了保護馨，才需要先跟他談談。」

我將目光瞥向馨。

他露出有些無奈的笑容，點頭表示「沒問題的」。我也乾脆地退讓，回說「我懂了」，走出這間辦公室。

魯跟上來陪我。這應該是青桐事先吩咐她的吧。

算了，這樣也好，好久沒碰面，我也想好好聊一下。

「欸，魯。就這樣被趕出來，杵在這兒發呆也沒意思，要不要一起去外頭走走？今天天氣又好，而且我想再去看一下隅田川的情況。」

「……好。」

「對了！我們去買龜十的銅鑼燒吧！那真的很好吃喔，我也想帶妳去吃。希望還沒有賣完……」

我們從銀座線出口走出來，前往位在雷門路旁、名叫「龜十」的日式點心店。

雖然淺草有好幾家知名的日式點心店，但這家龜十的「銅鑼燒」是美味極品。

「啊！太好了，好像還有。」

店裡擠滿人，不過我們仍是順利買到幾個紅豆沙與白豆沙的銅鑼燒，接著便往隅田川走去。

鋪了地磚的河岸也設有長椅，坐下後，我朝魯遞出兩種銅鑼燒詢問：「妳想要哪種？」魯拿了紅豆沙的銅鑼燒，一臉不可思議的表情拿在眼睛前盯著瞧。

「魯，妳是第一次吃銅鑼燒嗎？」

「不是，陰陽局的夥伴們偶爾會帶來給大家吃。」

夥伴嗎……？這樣呀，魯是這樣看待陰陽局的其他人。

這代表眾人想必是善待她的。我立刻察覺到這一點。

我們就這樣坐在一塊兒，大口享用特徵是體積龐大、外皮焦黃斑駁的銅鑼燒。

「就是這個味道！像鬆餅一樣鬆軟的外皮，好好吃喔～～」

我吃的是白豆沙的銅鑼燒。白豆沙特有的柔滑口感，還有恰到好處的高雅甜味，與鬆軟的餅皮合為一體，將滿滿幸福送進口中。

魯似乎也喜歡，嘴巴動個不停，一轉眼就已經吃掉半個。

填飽肚子後，置身於隅田川的流水聲與河岸氣息中，我又朝魯搭話：

「魯，妳習慣陰陽局了嗎？陰陽局把妳帶走時，我還擔心不曉得會怎麼樣，但看起來似乎一切順利呢。青桐是個好上司嗎？他有好好照顧妳吧？」

我關切地詢問後，魯停在咬著銅鑼燒的姿勢，雙頰驀地染上些許紅暈。

咦、咦咦？這個反應……這個表情……

「……青、青桐很照顧我，他是個很了不起的人。」

「是、是這樣嗎？咦？是怎樣啦，妳怎麼會有這種像少女一樣的反應？難、難、難道……魯，妳喜歡青桐嗎？」

「……」

她的臉龐更加漲紅，一臉少女般的羞怯神情垂下頭。

這反應到底是怎樣啊啊啊啊啊啊！

我太過震驚，手不禁鬆開讓銅鑼燒掉下去，而下方早有一群手鞠河童痴痴等在那裡。他們立刻接住銅鑼燒，轉眼間就吃得一乾二淨。

「不、不是的，真紀，不是這樣。青桐原本就很喜歡妖怪，並不是特別照顧我。他明明是人類，還是陰陽局的一員，至今卻拯救了許多像我這樣差點遭到處分的妖怪。但他老是做些吃力不討好的事……因此，也常反而招致妖怪怨恨。陰陽局的高層中，也有一些人認為青桐很礙事。」

「……」

「我認為選擇這條生存之道的青桐，非常了不起。」

魯已經認識了青桐更多的樣貌，那是我所不曉得的。

從初次相遇以來，我就認為青桐是個有點奇特的人類，但因為他隸屬於陰陽局，內心總是不免有些戒備，覺得這個男人絕非等閒之輩

可是，果然還是有人類是愛護妖怪的，即使身在陰陽局裡。

「魯，妳想待在青桐身邊嗎？」

「啊，嗯……從前我一心只想著回家，但現在我想留在青桐的身旁，親眼見證他的理想通往的未來。」

「理想通往的……未來？」

那究竟是什麼？

是指青桐懷抱的理想嗎？魯曉得那是什麼嗎？

「啊，對了，津場木茜還好嗎？從修學旅行回來後，就沒見過他了。」

「啊啊……茜現在被罰閉門思過。他因為京都的事被高層痛罵一頓，現在回到津場木本家。」

「咦？咦咦咦咦！」

什麼？我第一次聽說這件事。那肯定是……

「因為他讓我們逃走吧？」

「嗯，差不多是這麼回事。茜當時反抗京都總本部那些傢伙，導致原本井水不犯河水的兩個組織間差點產生嫌隙。對東京總部來說，就算只是做做樣子，也非得懲罰茜不可。京都的陰陽局和東京的陰陽局儘管各自為政、交情惡劣，但基本上還是合作關係。」

「……」

我伸手摀著嘴，思考片刻。

雖然至今和津場木茜之間有過不少不愉快，但我也明白那傢伙只是嘴巴壞，本質其實是個正直的少年。

正因為如此，我們才會害他陷入這種狀況。

「欸，津場木家的本家在哪裡？我想去跟他道個謝。」

「咦？那、那個……我也沒去過，不曉得耶。青桐應該知道，只是或許有點危險，在退魔師之中，津場木家也是特別的……」

「哦，茨木，妳想去津場木家嗎？」

「哇！」

背後突然傳來聲音，讓我嚇了一大跳，順勢回過頭，青桐不知何時已經站在那兒。這人老是突然出現耶。

我居然完全沒有察覺到他的氣息。青桐拓海這個男人，果然絕非等閒之輩。

「津場木家的本家在埼玉縣一個叫做川越的地方，從這裡過去有些距離，妳想去嗎？」

「當然呀，畢竟我們麻煩他不少，帶個禮物去道謝才說得過去吧。」

我有點不好意思，回話時不禁移開視線。

「哈哈，沒想到妳這麼重禮數耶，真難想像以前是個惡名昭彰的大妖怪。」

「哼，我現在已經是人類了。」

「天酒也說了類似的話，說他想做為一個人類，腳踏實地生活，還說想要好好珍惜妳喔。」

「咦……？」

從他人口中聽到馨的這種發言，讓人十分害羞。

我想自己現在大概是滿臉通紅。

「哈哈，這不是美事一樁嗎？酒吞童子和茨木童子，昔日夫婦現在仍陪伴在彼此身邊。我之前從你們兩人身上感受到一股不可思議的氣息，現在終於明白為什麼了。」

「……」

「津場木家那邊由我來聯繫，等有消息，我再透過淺草地下街通知妳。」

青桐推了推眼鏡，抬頭仰望聳立在對岸的晴空塔。

「魯，我們差不多該回去了……茨木，下次見。妳要帶去津場木家的伴手禮，最好是甜點。他們家式神會喜歡的。」

魯輕快彈起身，雀躍地跟在青桐身後。

「欸，青桐。」

我也站起來，對著正要離去的那個人，說出最重要的請求。

「魯就拜託你了喔。」

青桐顯得有些訝異，但立刻展露溫煦微笑回應：「當然，她可是好搭檔喔。」

魯的表情沒有特別變化，但內心想必很高興吧。人形偽裝出現破綻，砰地彈出的雙耳輕輕晃動，尾巴也開心地搖來搖去。

即使是受到人類管理的關係，但只要彼此都能接受、相互尊重，那也能成為一種「搭檔」吧。

或許我也該調整一下想法才是。

特別是對於東京的陰陽局。

「好啦，小麻糬還在等我，我也回家吧。馨還在組長那兒嗎……？」

風向突然轉變，有股花香隱隱約約地乘風飄來。

我抬頭一看，發現通往隅田公園的階梯上，有張臉龐正窺視著這兒。

「……咦？若葉？」

那是由理的妹妹若葉。她似乎從剛才就一直在看這邊，不過一跟我對上眼，就露出有些慌張的神情。我快步跑向她。

「喂，若葉！」

「真、真紀……午安。」

「午安，若葉。怎麼了？妳怎麼會在這裡，好難得喔。」

「那、那個，我去逛車站大樓裡的精品雜貨店，想送爸爸生日禮物……還有要給哥哥的聖誕禮物，所以去買東西。哥哥沒有在這裡……吧？」

若葉警戒地環顧四周。

原來是這麼回事。由理今天還在那邊唉聲嘆氣地說若葉不跟他們一起去銀座買東西，結果是因為若葉想偷偷準備禮物呀。

「別擔心，由理不在喔。聖誕節快到了呢。」

「嗯，加上又是爸爸的生日，每年全家都會一起慶祝。」

「哦，真棒耶。」

是個能充分展現家庭幸福的活動。

爸爸的生日通常容易遭到忽略，但她卻如此用心準備，真是個好孩子。嬌小又可愛，令人好想保護她。由理會有戀妹情節，也是很能夠理解。

「欸，真紀……」

「嗯？怎麼了？」

「對於哥哥，妳是怎麼想的？」

「……咦？」

這個唐突的疑問，令我驚訝地雙眼圓睜。

「妳喜歡哥哥嗎？」

「咦？那、那當然呀，我們認識這麼久了。」

「跟馨相比，妳比較喜歡誰？」

「咦！那個……應該說喜歡的種類不同吧。由理是重要的夥伴，也是摯友。他從懂事以來就非常可靠，個性又沉穩，雖然有時講話辛辣，但那也是由理的特色。我很喜歡也十分尊敬由理，希望他能一直過得很幸福。」

「……這樣呀。」

怎麼了？若葉不太滿意我的回答嗎？她的表情略顯僵硬。

接著，她又像講悄悄話般低聲問我：

「……欸，哥哥……到底是什麼呀？」

「咦？」

我的心臟漏跳一拍。

這個問題究竟是什麼意思？

若葉的表情依舊複雜，將原本捧著的購物袋更加抱緊在胸前。

「抱、抱歉，我該走了。」

「啊啊，這個妳拿去，是龜十的銅鑼燒。這是我剛剛買的喔！」

「……謝謝，我最愛吃這個了。」

若葉綻放如同某人般輕柔的笑容，接過銅鑼燒收進包包，再度低頭道謝，便小跑步離去。

她真是宛如天使般惹人憐愛。不過，她剛剛的問題讓我非常在意。

「若葉對由理有什麼疑慮嗎？身為前大妖怪這件事，應該不至於漏餡才對。由理應該是……最不可能出現這種失誤的人。」

我和馨從小時候起，就無法徹底隱藏因為身為前大妖怪轉世而遺留的性格，給家人添了各種麻煩，也常讓他們不知所措。

但由理不同。他絲毫沒讓家人察覺到任何不對勁。

對他來說，家人是最重要的。為了守護一家和平安穩的生活，他一直傾盡全心努力至今。

「喂，真紀，妳嘴巴在叨念什麼呀？」

「啊，馨。」

原本我還想說要去接他，結果馨自己拿著不知名的紙袋來接我了。

「我跟你說，剛剛我遇見若葉，在這裡講了一下話。」

「若葉？由理的妹妹？」

「嗯，她一個人來這附近買東西。」

「哦，若葉也可以單獨行動，不用由理一直陪在身邊啦，很快就會脫離哥哥獨立了吧……

不，應該說由理很快就得脫離妹妹獨立了吧？」

「馨，你笑得太壞心了。」

「沒啦，只是覺得有趣。」

「是說，那個紙袋是什麼？」

「啊啊，這是大和送我們的，妳猜是什麼？」

「嗯……點心？」

馨更是笑得一臉奸詐，看起來是相當好的東西。

「嘿嘿，是 Pelican 的吐司喔。」

「騙人，Pelican 的吐司？那很難買耶！」

伴手禮出乎意料地棒，讓我雙眼閃閃發光，驚訝地整個上半身都往前傾。

Pelican 是一家位在淺草田原町，超級有名的麵包店。

「太感謝他了，這個真的很難買到耶。去江之島那天的早餐，就烤吐司來吃吧。」

「太棒了！Pelican 的吐司光是切片烤來吃，就美味得不得了。」

我對於那一天的期待越來越高漲。

「那我們回去吧？」

「嗯，走吧。」

我們一如往常地走回家。

半路上還在附近超市買了晚餐的材料。

但其實這個時候，即將點燃新騷動的火種，已經四散各處。

第二章

江之島與妖怪夫婦（上）

那一天早晨，我在天色未亮時就起床。

今天是聖誕夜。

也是要跟馨去江之島約會的日子。

但我總有些坐立難安。明明兩人老是在一塊兒，也經常結伴出門，但現在特地去約會，嗯，總覺得有點不習慣。

「噗咿喔～？」

我花上大把時間在鏡子前裝扮自己，就像個普通高中女生。小麻糬一臉不可思議地盯著我。

「你說好稀奇？明明平常出門連五分鐘都不用？是呀，沒化妝且穿著隨便地跟馨走在一塊兒很輕鬆愉快，但至少今天該打扮得可愛些吧？是說，我一向都很可愛啦！啊哈哈哈。」

沒錯。但玩笑話先擱一邊，我得趕快準備……

平日隨意放下來的長髮，今天也用我特別喜歡的緞帶紮起公主頭。

在嘴唇抹上淡粉紅色的口紅。

「噗咿喔～～噗咿喔～～」

小麻糬用翅膀尖端戳戳我的腿。

「嗯？叫我也帶你去嗎？小麻糬，當然呀，今天一起出去玩吧，我想讓你看看海。」

我穿著白色V領毛衣、有女人味的喇叭裙，再套上黑色厚絲襪保暖，然後朝托特包裡放進錢包、手機、鑰匙和手帕。

「小麻糬，你也套件毛衣好了，比較暖和。」

「噗咿喔。」

我將為了送給小麻糬當聖誕禮物、每晚辛勤編織的那件毛衣，從牠頭上套進身體。大小剛好，看起來實在太可愛了。

剩下的就是把要送給馨的禮物藏進包包裡。呵呵呵。

「好，我們走吧。今天要在馨的房間吃早餐喔，他家裡有一台高性能小烤箱。」

「噗咿喔～～」

我將托特包掛上肩，再把小麻糬抱起來，走出房間。

敲了敲正下方房間的門，馨立刻開門讓我們進去。他也早就起床了。

「你的房間還是這麼無趣耶。不過因為你個性一板一眼，倒是整理得很乾淨。」

「總比東西散得滿地的老公好吧？」

「啊，你剛剛說自己是老公了嗎？」

「少囉嗦！趕快吃完早餐趕快出發，晚上還要回來。」

沒錯，超級期待的 Pelican 吐司。

我從體積不大的長方體吐司一端切下厚厚一片。光從切的過程，就能明白這個吐司不容小覷。它非常紮實，質地又細緻，拿起來時切面還會微微晃動。

我將極品吐司送進小烤箱。剛好這時馨已經泡好即溶咖啡，倒入各自的馬克杯，那股香氣強烈刺激著食欲。

「你的吐司要抹什麼？」

「我只要奶油。」

「馨，你總是只塗奶油的正統派耶。我要奶油加蜂蜜。小麻糬呢？哦？你想要草莓果醬嗎？那也會很好吃耶。」

我將烤得金黃焦香的吐司抹上各自想要的醬料後，全家人圍在馨房裡的黑色桌子旁一起享用。

我雙手捧起吐司，大口咬下。

嗯～就是這個味道。沒錯，頂級的美味吐司。表面香脆，裡頭紮實，豐厚濕潤又有彈性的口感，實在太迷人了。小麥的樸實香氣瀰漫至鼻腔深處，越是咀嚼，深奧滋味就越在口中逐漸擴散，令人見識到麵包師傅毫不妥協的精湛技藝。

沒什麼比簡單更好，滋味卻是不容置疑地特別。

奶油和蜂蜜遇熱融化，更交織出無法言喻的罪惡美味。

「啊，你看，小麻糬都吃到雙眼迷濛了。」

「這傢伙最喜歡吃麵包了呀。現在讓他嘗到這麼好吃的吐司，以後可能就難搞囉……」

「小麻糬、小麻糬，快醒醒，快回神呀。」

小麻糬一臉魂飛了似的恍惚神情，意識都溜到外太空。

我伸手搖他，他頓時回過神，接著又忘我地大口啃起吐司。

他的心情我能明白。就是這麼好吃對吧？魂魄都要被牽走般的美味。

「我還要一片，這次要做成起士吐司。」

「啊！那我也要！」

「噗咿喔咿喔咿喔咿喔。」

一人吃兩片就全部吃光了。

今天限定的豪華早餐，何時才能再吃到呢？

好好享用過早餐之後，我們準備要出門。

江之島位在神奈川縣，是從湘南海岸突出大海的陸連島。

那裡是極為知名的觀光景點，從淺草坐電車到江之島大約要一個半小時。

小麻糬是個懂事的孩子，搭電車的期間就靠在我懷裡，像隻娃娃般一動也不動。只有中途搭上單軌列車時，牠興奮到無法遏抑，慢吞吞地爬上我的肩膀，從窗戶眺望外頭景色。

到了，最後一站，湘南江之島站。

江之島正如其名是個島嶼，通往島的路上，有一條很長的「江之島辯天橋」。

「啊，是海耶！我看到海了！海風和海的氣味讓人好興奮喔。」

「我們好像很久沒看到海了。」

遼闊的天空中，野鳥盤旋著，下方橫跨海面的長橋另一頭，有一座小巧的島嶼。就是那個，江之島。

我們在辯天橋上走向江之島時，馨開口說：

「真紀，妳曉得嗎？江之島有個五頭龍和辯天的傳說喔。」

「什麼？妖怪的故事嗎？」

「算是吧。而且聽說這裡的五頭龍和江之島辯才天是夫妻。」

「夫妻……」

那是好久好久以前的故事。

擁有五個頭的巨龍經常在這附近的村子為惡作亂，引發天地異象，不堪其擾的村人獻上年幼孩童當作祭品。就是所謂的活人獻祭。

龍吃了那些孩子，長期利用恐懼支配這塊土地。

就在這種時候，江之島伴隨著地鳴從海中隆起。

天女從天飄然而降，定居在那座江之島上，就是後來的江之島辯才天。

五頭龍愛上那位天女，開口求婚卻遭到斷然拒絕。天女說是因為他作惡多端，不僅長期迫害人類，還以幼童為食。

於是五頭龍改邪歸正，發誓從今以後致力於守護人類，再次向天女求婚，終於如願以償地結為夫妻。

「過去無惡不作的妖怪和聖潔天女的結親佳話呀。很浪漫耶，搞不好很適合我們。」

「江之島有好幾個跟這故事有關的知名景點。」

我們一邊閒聊，一邊走到湘南海風吹拂的江之島上。

時間還沒到中午，但因為今天是假日，島上有許多觀光客。

寫著海鮮蓋飯及魩仔魚蓋飯的看板到處都是，也有不少土產店，但率先映入眼簾的是鎮守在江島神社前的「青銅鳥居」。

「我們先在參道上邊逛邊買東西吃，再去江島神社參拜吧。往裡面走好像也有幾間店可以吃飯，逛完以後順便在那裡吃東西休息好了。那之前就在路上找些小東西果腹。」

對於馨的提議，我點頭應和。

「是說，早餐明明吃得那麼豐盛，現在又餓了……」

「妳肚子永遠都是餓的吧？」

「因為每個看起來都好好吃，讓人都想吃看看呀。啊，是女夫饅頭，跟剛才五頭龍和辯才天的故事有關係嗎？」

「不知道耶。是說，熱氣騰騰的饅頭看起來好誘人喔。」

於是我們毫不猶豫地買了「紀之國屋本店」的女夫饅頭。

在店門口炊蒸、體積稍小的日式饅頭，有白色和茶色兩種，可能是用以表現夫婦兩人。茶色饅頭包的是留有紅豆顆粒的豆沙餡，添加了黑蜜，讓滋味更為深奧。白色饅頭是包純豆沙的酒蒸饅頭，口味較為清爽。

不管哪一種，我都是一口就吞下去。剛蒸好的饅頭柔軟蓬鬆，我超愛的。

我也偷偷拿饅頭餵給只從馨的背包露出一顆頭的小麻糬吃。

「啊，馨，你看，那些人在啃的仙貝有夠大片耶。」

「喔，章魚仙貝吧。那也是江之島的名產，聽說是拿整隻章魚做成的喔。」

在江之島頗負盛名的章魚仙貝「朝日本店」就在眼前。

好像得先在販賣機購買食券，再跟著其他客人一起排隊。在等待時，可以觀賞店門口實際製作章魚仙貝的過程。

蒸氣爆發的聲音聽起來，就像章魚因炙熱鐵板狠狠擠壓而發出的慘叫聲一般。還有瀰漫四周的這股香氣，嗯～實在太誘人了。

「哇，買到章魚仙貝了。」

「還很燙耶，而且比我想像的還要大……」

這個尺寸完全超乎一般的仙貝。該怎麼形容呢？遠比一張臉還要大，但厚度薄如紙片，隱約可辨識出已經壓扁的章魚形狀，還滿有趣的。不，感覺有點栩栩如生呀。

路上遊客人手一片這個章魚仙貝，喀哩喀哩啃得不亦樂乎。

我們也站到路旁避免擋住行人，喀哩喀哩地咬了起來。

帶著醬油香氣、有種古早味的章魚仙貝，讓我們吃得津津有味。

邊走邊吃穿過參道後，紅色鳥居躍入眼簾。

江島神社裡有三座宮，邊津宮、中津宮和奧津宮。

我們沿著長長石階拾級而上，依照順序分別參拜。

「嗯？好像在搖耶。」

「地震嗎？」

剛好爬到石階中途時，身體感到幅度不大的晃動。

晃動立刻就停止，所以我們將之拋諸腦後，繼續前進。這時，傳來旁邊大學生情侶的爭吵聲。

「啊，鞋跟斷了啦！我受夠了，腳好痛喔！」

「妳為什麼要穿這種鞋子來啊？明明曉得這裡要爬很多階梯。」

「都是你剛剛走太快，才會變成這樣！」

我和馨聽了不禁打寒顫。

那個女生全身上下打扮得非常時髦，腳上踩著鞋跟超高的高跟鞋，似乎對腳造成極大負擔。而男生完全沒留意到這件事，剛剛一直自顧自地快步前進，加上又發生地震晃了一下，鞋跟因此斷裂。附近店家的店員跑來關切，但兩人心情都變得極度惡劣。

「喂，妳會累嗎？」

「我穿的是好走的鞋子，沒問題喔。話說回來，我的腳和腰可沒那麼沒用。」

不過，後來我們又遇見兩、三對正在吵架的情侶。

好累。腳好痛。頭髮黏到臉上好不舒服。海邊的腥臭味好難聞。我還以為是個更有情調的地方——理由無奇不有，就連討厭魚、不能吃魚這種話題都出現了。

嗯……這究竟是怎麼一回事？

江之島的山丘頂端還有植物園與展望燈塔，這裡明明是熱門約會地點，大家居然都在吵架。在這種情況下，我們依然順著人潮向前走，抵達了深受情侶青睞的戀人之丘「龍戀之鐘」。

「總覺得現在還來這種地方，有點不好意思耶。」

「不要說出來啦，害我也跟著不好意思起來。」

龍戀之鐘所在的山丘，似乎就是跟方才馨講的天女與五頭龍傳說有關的地點。傳聞只要兩人一起敲響龍戀之鐘，再到一旁的鐵絲網掛上寫著兩人姓名的鎖頭，就能一輩子相愛。

知道越多細節，馨的臉色就越蒼白。

「真的要做嗎？真的非做不可嗎？我們兩個？」

「馨，你冷靜點，這種事就是要光明正大地做，才比較不丟臉喔。都已經到這裡了，不可以逃避啦。」

事到如今還來祈願戀情順利，實在有點害羞，但既然都千里迢迢來到江之島，怎麼可以不從善如流一下！

「高中生情侶耶～」

「好可愛喔～」

在背後傳來的陣陣竊笑聲中，我們在視野遼闊的山丘上敲響了龍戀之鐘，接著又購買鎖頭、寫上姓名，再到旁邊的鐵絲網喀嚓一聲掛上。

「呼、呼。」

「結束了……」

兩人冒了渾身冷汗，頓時感到精疲力盡。

不過就連這裡，都有因為芝麻小事起口角的情侶。

逛完這些著名約會景點，更往深處走，觀光客也逐漸減少，開始有股宛如祕密小徑的氣氛。

陳年旅社和飲食店排成一列，歡迎過路遊客大駕光臨。

這一帶的氣氛沉穩安靜，我和馨都很喜歡。

「該不多該吃午餐了吧？」

「逛得肚子好餓。小麻糬，你肚子也餓了吧？」

「噗咿喔～～」

這時剛好瞥見一間位在海岸旁的餐廳，有個面向大海的開放式露台，好像可以在那邊用餐。不用排隊就能進店，於是我們請服務生帶我們去露台席位的最角落。

菜單果然盡是魩仔魚蓋飯、海鮮蓋飯、燒烤海螺和文蛤、燉煮魚肉等滿滿的海鮮料理。

「生魩仔魚蓋飯是名產吧？啊，但是有放生魩仔魚的海鮮蓋飯好像也很不錯，看起來很豐盛。」

「還有江之島蓋飯喔，好像是切塊海螺裹上滑蛋做成的。」

「什麼！光是把海螺和滑蛋這兩個詞擺在一起，聽起來就好好吃的樣子。」

於是馨挑了海鮮蓋飯，而我選擇江之島蓋飯，並分別各點一小盤搭配生薑泥與醬油的生魩仔魚，還有燒烤文蛤、醬滷紅金眼鯛。

「以我們來說，還真是大手筆耶。」

「我就是為此才努力打工的呀。」

「看來回去後，我也多排一些丹丹屋的打工好了……」

這趟的旅費是從兩人的餐錢想辦法擠出來的。這個月的餐費，馨令人感激地多出了一些打工錢，而在今天之前我也一直盡力節約。

都出來玩還小氣巴拉的就沒意思了，而且觀光景點的食物價位都會偏高。

我們在窗邊眺望壯闊的海景，隨口閒聊，沒多久服務生就端上一份餐點。

滑嫩半熟蛋包裹著大量新鮮海螺塊的知名料理「江之島蓋飯」。

就是把親子蓋飯裡的雞肉換成海螺，這樣說應該就能輕易想像吧。

我再跟服務生要了一個小盤子，盛了一份給小麻糬。

露台沒有別人在，小麻糬終於能從包包裡出來，重獲自由。

「唔哇～好好吃！海螺肉先醃過，甜甜的，而且吃起來好脆、好有嚼勁。外頭再包上滑嫩鬆軟的半熟蛋，根本絕配啊～～」

「感想請縮在三十字以內。」

「沒辦法啦！但用一句話來說，就是『超級下飯』。」

這個真的非常好吃，感覺滋養了原本空虛的胃袋。來江之島時，大家的注意力通常都會被生海鮮吸走，但這碗江之島蓋飯也絕對值得一試。

「噗咿喔～～噗咿喔～～噗咿喔～～」

「……這樣呀，很好吃嗎？麻糬糬。嗯嗯。」

馨嚴格批判我的感想，對小麻糬只有「噗咿喔～～」的心得卻顯得寬容許多，還拿起我特地盛給小麻糬的江之島蓋飯，一邊吹涼餵他一邊自己也跟著品嘗幾口，嘴裡頻頻稱讚「啊，真好吃耶」。

海鮮蓋飯、小盤生魩仔魚、醬滷紅金眼鯛等料理，接二連三地上桌。

「哎呀～馨的海鮮蓋飯看起來也好好吃喔。」

川燙魩仔魚、生魩仔魚、鮭魚、牡丹蝦、花枝、真鯛、鮪魚、紅魽……啊，馨竟然把牡丹蝦讓給小麻糬吃，好羨慕。

算了，我也有小盤生魩仔魚可以吃。

聽說是早上還活蹦亂跳的新鮮魩仔魚喔。我要開動了！

「喔喔喔，好有彈性。」

這種半透明的小魚，外觀相當有震撼力，而實際吃下去後，新奇的彈牙口感會讓人上癮。絲毫沒有一點腥味，讓人吃一口就感受到新鮮的好味道。

醬滷紅金眼鯛也鬆軟柔嫩、滋味溫和，自然是美味極了。

這是沒辦法自己在家裡煮出來的味道。

啊，又地震了，雖然並不大。

「像這樣吃著海鮮，我就不禁想起以前帶很多丹後的魚貝類回去當下酒菜的事呢。」

「雖然調味沒這麼多變化，但鮮魚和貝類的滋味跟從前沒有兩樣。啊啊，肉質緊實彈牙的烤文蛤……光吃一口就讓人幸福無比。」

雖然文蛤是一人只有一顆的奢侈享受，但也是才剛用炭火烤好，就被我們一口吞下肚了。

我們也有點一份給小麻糬，把文蛤拿到他面前時，小麻糬興奮得拍動翅膀，開心吃下肚。

他還珍惜地將吃完的文蛤貝殼抱在懷裡，那副模樣好像海獺，十分惹人憐愛。雖然他其實是一隻企鵝。

就這樣，我們大快朵頤著平常難得吃到的食材，在驚喜與感動交加之中，結束了豐富滿足的午餐。大家都笑容滿面地摸著肚子。

「啊啊，吃得好飽。」

「真紀大人，您滿意嗎？」

「嗯，滿意，超級滿意。」

話說回來，馨偶爾會用敬稱叫我，這點實在很有趣。我並不討厭被他稱作「真紀大人」。

「真的很好吃，妳看起來也很開心……那個，真是太好了。」

馨感覺有些害臊地說著不像他平常會說的話。這讓我很高興。

「嘿嘿，馨，謝謝你。」

「謝我什麼？」

「因為你幫我實現了想出來玩的願望呀。如果不是你提議要來這裡，我就沒有機會吃到江之島的美食。」

「因為妳跟形象不符，老是只愛窩在淺草這個範圍內呀。」

小麻糬開始敲起貝殼玩耍，店裡也越來越多客人進來，所以我們就起身，打算繼續江之島散步行程。

「你們這對小情侶是高中生嗎？真可愛耶。」

「啊，不，那個……」

結帳時，店裡的老婆婆出聲詢問。我跟馨很少被人稱作情侶，不禁又嚇出一身冷汗。

「不過你們要小心喔。據說來江之島約會的情侶，有很高的機率會大吵一架分手。」

「……咦？」

這是怎麼回事？我可沒聽說有這種傳聞呀。

我們可是拋棄自尊心，連龍戀之鐘都敲了耶！

「但是到目前為止，什麼事也沒發生吧？妳有哪裡不開心嗎？」

「沒有，我的心情好得不得了。大概是因為我們與其說是情侶，更像是夫婦吧？」

「啊啊，原來如此……」

馨爽快接受了這個解釋。這種傳說碰上夫婦就會失效嗎？

不過今天一路上的確看見不少情侶起爭執。

「啊，看到海了。」

我們繼續散步，穿過狹窄小路、走下石階，來到無數岩石參差堆積的海岸。這裡是江之島的西邊「稚兒之淵」。

「哦，這個海蝕台地滿壯觀的耶，釣客也不少。」

「真棒耶，大海好近。用全身迎接海風的感覺，我喜歡。」

走下稚兒之淵，靜靜眺望海面也不錯，但我們的目標是在更前方的「江之島岩屋」。

江之島岩屋是由於海水侵蝕而形成的洞穴，剛剛我們參拜的江島神社最一開始就是蓋在那裡。我們遵循指示踏入第一座岩屋。

滴……答……滴……答……

在昏暗洞穴中，水珠滴落岩石表面。

洞內空氣沉重而冰涼，現在又是冬天，讓人感到寒冷。

偶爾會見到地上清澈的小水窪中，突兀地立著一塊石碑。整個空間瀰漫著一股特殊的氣氛。

「這地方的靈氣很濃耶。」

「畢竟這裡是傳聞源賴朝和北条時政曾來參拜，擁有古老信仰的土地，好像在江戶時代就已經是熱門觀光景點。」

我和馨一面讀著遍布四處的說明板，一面前進。

途中，我們從守在一旁的工作人員接過點著火的蠟燭，用燭光照亮路徑，往洞穴深處前進。

這個洞穴並不大，我們還要隨時注意別撞到頭。

路旁有成排古老時代的石像和石造小祠堂。

從歷史價值的角度來看，也是相當重要的文物。

「可以感覺到久遠以前的人們，信仰有多麼堅定耶。充滿這個地方的靈氣，密度的確相當驚人。」

「啊啊，越往裡面走就越濃。」

走到一半就沒辦法再往前進了。有一道標著「禁止進入」的柵欄。

可是前面看起來還有路通往深處才對。

「真紀，妳曉得嗎？這座江之島岩屋雖然只能走到這裡，但有個傳說是前面其實還很長，可以一直通到富士山的『鳴澤冰穴』。」

「哦，富士山的……咦，騙人，那也太遠了吧？」

「哎呀，就是個傳說嘛。不過，據說以前曾有在鳴澤冰穴裡迷路的人，最後卻不小心從江之島的這個洞穴中走出來。」

我再度凝視著無法繼續向前的洞穴深處。

大千世界無奇不有。既然是這般特殊的土地，就算背後藏有什麼與靈力相關的神祕原因也不奇怪……

『喔～來了擁有奇特力量的人類呢，過來呀。』

我一意識到耳朵深處響起低沉沙啞的女性聲音，眼前景色就驟然一變。

「……這裡是？」

「狹間？不，已經是神域了。」

這條路明明方才還無法通行，現在卻沒有任何東西阻礙我們前往洞穴深處，即使回過頭也不見半個人影。

從前方傳來的琵琶樂音，彷彿在邀請我們。

我和馨彼此輕輕點頭，向前邁出步伐。

不停搖曳的燭火增加，照亮洞穴內的岩壁。

一會兒，錚錚流轉的琵琶聲變得輕快，響徹整個空間。我們發現洞穴深處有座岩石打造的神社，張口結舌地抬頭仰望。

那裡坐著僅有輕薄衣料遮掩身軀、配戴貝殼裝飾，身形比人類大了兩倍的辯才天大人。

即使在洞穴中，她的雪白肌膚仍閃著光輝，紮在後腦杓的長髮呈現橘色和紫色的漸層，宛如黃昏與夜幕交界時分的晚霞色彩。雙眸是清澈透亮的海藍色，其中又透著閃耀的細緻金色光輝。

雖然身軀龐大，但真是一位氣質夢幻的絕美天女。

「那個……初次見面，請問妳是江之島的辯天大人嗎？」

我們從第一眼望見她，就為那強烈的存在感震懾得說不出話，直到現在我才終於能夠出聲打招呼。

「沒錯，我正是江之島辯才天。」

辯天大人錚錚奏起懷中琵琶，立起單膝踩在地上，哼地輕笑。

外表夢幻唯美，卻透著一股好勝豪俠之氣。

她將臉低垂到我們前方，交互望向我和馨。

「真稀奇，是從妖怪轉生成的人類嗎？難怪我覺得氣味跟一般人類不同。這麼說來，之前我聽說過有些逃亡的鎌倉妖怪們，在投靠的土地上受到這種人類的關照。那個，我記得是聞名遐邇的大妖怪轉世……」

馨神色一正，毫不隱瞞地回答：

「我是酒吞童子的轉世，她是茨木童子的轉世。」

「啊啊，對對，就是酒吞童子和茨木童子！那對大名鼎鼎的鬼夫婦。當初明明遭到人類殺害，這一世居然投胎成人，輪迴轉世實在太諷刺了。」

辯天大人毫無顧忌地高聲大笑。馨略感不悅，但仍冷靜問道：

「……我們在現世的名字叫做馨和真紀，請問妳招喚我們過來究竟有何貴幹？」

「嗯？沒什麼要緊事。只是我正好覺得無聊，就試著招喚看看而已。但真是太令人忌妒了，你們兩個就算投胎轉世，還是在一起。」

「畢竟我們之前是夫妻，而且這輩子也打算要結婚。」

「是呀。」

「……咦！」

我話講得斬釘截鐵，平常肯定會吐嘈的馨，今天卻一口應和。

他的反應讓我大為詫異，瞠目結舌地愣在原地。

「妳那是什麼表情呀？我們要結婚不是嗎？」

「咦？那、那是當然，可是……那個？馨，你怎麼了？發燒了嗎？」

我反射性地伸手摸他的額頭和臉頰，不過馨的體溫一如往常地略微偏低。

江之島辯才天大人看到這個畫面，忍不住噗哧笑出聲，雙腳用力擺動，越笑越劇烈，還大聲彈奏起琵琶。

這造成了地鳴，我們兩個光是要站穩就得用盡全力。

難道——不，剛剛那好幾次地震，肯定就是這樣來的吧？

「啊哈哈哈哈。嘻嘻嘻嘻。啊啊，太好笑了。連讓我忌妒的空間都沒有，好一對琴瑟和鳴的夫妻。」

「忌妒？我聽說傳聞中妳已經跟五頭龍結婚了耶。」

「……」

咦？又地鳴了。

眼前的辯天大人原本肌膚如陶瓷般潔白，現在卻從下方開始慢慢泛紅。這可不是害羞那種惹人憐愛的反應，而是極為強烈的怒氣。

「那種混帳！我現在就要馬上跟他離婚！」

「咦咦咦？離婚？」

「五頭那個混帳，居然忘記我們的結婚紀念日，自己跑去龍宮城遊玩。明明早就約好今年要送我一大束花慶祝的！」

「……」

啊……唉。

沒想到江之島的辯天大人跟五頭龍這對夫妻，現在正好吵得不可開交。

這對夫妻已經成為深植於江之島的古老傳說，他們要是離婚了，會對這塊土地造成何種影響呢？

無論如何，現在得先安撫辯天大人的怒火。我們舉起雙手連聲說：「請妳先冷靜下來～冷靜一點～」小麻糬見狀，似乎以為我們在做體操，跟著模仿起動作。

在我們的好言相勸下，辯天大人也總算是平靜下來。

「話說回來，龍宮城指的是什麼？真的有這種地方嗎？」

「居住在海裡的妖怪們的酒店啦。」

「……酒店？」

我表情認真地抬頭望向身旁的馨。

「妳看我幹嘛？我可沒去過酒店那種地方。」

「我什麼也沒說吧。只是好奇，男人是不是都愛去那種地方呀？」

「我還是學生耶，別問我，我無法回答。」

馨清清喉嚨，將話題拉回來。

「……那五頭龍現在是在哪裡？」

「你問他在哪裡喔，那當然是在這座島周圍的海裡晃來晃去囉。因為我現在不讓他進來。」
換言之，那位老公在這種寒冷冬季裡，被趕出家門外了。
「跟老公吵架已經讓我心情很差，又看到那些跑來江之島約會的無聊情侶，令我的忌妒心態熊燃燒……忍不住出手捉弄一下他們，增加上下坡階梯的階數讓他們累個半死，讓女生跌倒摔斷鞋跟，讓海風比平常更強勁吹亂他們耗費時間整理好的髮型，順便再讓外貌與我匹敵的美女在男生眼前晃來晃去。」
唔、唔哇，好陰險……
「那些年輕情侶的感情因為這點小事就急遽惡化，真是一群意志不堅的無聊傢伙。」
「啊，所以才會造成在江之島約會的情侶會分手的傳說呀……」
辯天大人實在太恐怖了。
一旦這種傳說散播開來，情侶們就不能來江之島約會啦。
「我是已經都無所謂了啦。啊～煩死了，好想找個地方去走走～還是回老家去好呢～？有五頭在的這片大海讓人生厭，我乾脆回到天上去好了～？」
辯天大人自暴自棄地哀怨嘆道。
「要是辯天大人不在了，江之島會變成怎樣呢？」
「那個呀，會沉沒吧。就這樣直接下沉。」
「……」

「畢竟這座島當初是因我的力量才隆起的，既然我走了，自然會沉沒呀。」

……我和馨頓時臉色發白。

拜託給我等一下，這裡可是每天都有大批民眾聚集的觀光景點耶。

而且還是擁有悠久歷史和信仰的土地喔。

「妳、妳、妳冷靜一點，辯天大人，搞不好五頭龍也是有什麼苦衷呀。妳想想，當初五頭龍不是發過誓了嗎？說一定會改邪歸正。」

「對、對呀，男人就是笨拙得要命，可能其實是有什麼誤會……」

「哼，那你們去找五頭龍問清楚呀。要是他真的給我忘記結婚紀念日跑去玩，我就要逼他簽下這張離婚協議書。」

我彎腰拾起飄落在我們前方的那張紙。

唔哇……在華美紙面上用神明的古老語彙撰寫而成，鄭重肅穆的契約書。只不過，這是離婚協議書。

上頭已經簽下江之島辯才天的名字，連指印都已經蓋好。

「欸，馨，這樣下去江之島就糟糕了。如果這座島因為辯天大人的怒氣而沉沒，那可是今年最大的奇聞。」

「不，這已經超過奇聞的程度，應該是大災難吧。」

「這下無論如何都得想辦法讓他們夫妻重修舊好。肯定有些事是只有我們明白，而且能做到的。」

「……嗯……真是這樣就好了。」

就連出遠門小旅行，都會捲進跟妖怪有關的問題中。馨搔了搔頭，突然想起什麼似地，又轉向辯天大人。

「江之島辯才天，雖然是完全不相干的話題，但我有件事想問妳。」

「什麼事？」

「如果一直往這座江之島岩屋的洞穴裡頭走，會通到富士山的鳴澤冰穴這件事，是真的嗎？」

「啊啊，那個呀……」

辯天大人翻身躺下，從菸管吹出裊裊白煙，嗤嗤笑著。

「嗯，算是真的。只是不管誰去，都會『死』喔。」

「死？」

「你們聽過『地獄穴』嗎？」

江之島辯才天意味深長地瞇細雙眼，反問我們。

地獄穴……？

我是完全沒有半點頭緒，但馨似乎曉得，眉毛挑了一下。

「這兩個洞穴是藉由稱作『地獄穴』的靈力源頭相連接的。所謂地獄穴，就是能直接通往異界最下層『地獄』的洞穴。簡單說，來往鳴澤冰穴和江之島岩屋一趟，等於走過地獄一遭。」

這樣呀，那的確是死了一次呢。

「辯天大人下去過地獄穴嗎？」

「怎麼可能呀？我貴為天女，才不會想去那種地方。你們也別不小心掉進那個洞穴裡喔，我可不想看你們被現世的元鬼和鬼獄卒無情鞭打。」

「……」

「不過也曾有一個人，通過那裡平安回來。那是很久以前的事了。」

我和馨對看一眼，腦中想的都是雖然不會想特地去地獄穴一探究竟，但居然有人能通過地獄回來，實在厲害。

究竟是怎樣的一號人物呢？

第三章

江之島與妖怪夫婦（下）

我們捲起江之島辯才天的離婚協議書握在手中，走出岩屋，再爬下面海的稚兒之淵。

「嗯……？」

沙沙的浪濤聲不絕於耳，但除此之外沒聽見半點聲響。

剛剛還四處都是的觀光客，也完全不見蹤影。

「這裡還在神域裡吧。」

「看來只要我們沒把這張離婚協議書交給五頭龍，那個辯天就沒打算放我們離開這裡。」

雖然外觀看起來和剛剛待的江之島毫無二致，但這裡是神明以原本面貌生活的裏世界。

不管是海洋或天空，都帶著混濁的灰色，雲朵形狀也有些奇特，如漩渦般黏稠地旋轉著，簡直像在反映辯天大人的心情。

「噗咿喔，噗咿喔。」

「啊，小麻糬。」

小麻糬從背包裡跳出來，靈巧地在崎嶇不平的岩石上走動。

沒有其他人類在，小麻糬就能自由在外頭活動，這倒滿好的。

「啊，海星。馨，小麻糬說發現一隻海星，雖然上面有一顆眼睛。」

「你真棒耶，居然敢用手拿妖怪海星，真是勇敢的男人呢。」

「噗咿喔～～」

小麻糬受到誇獎，一臉心花怒放。啊啊……這隻小企鵝怎麼這麼可愛，我們根本捨不得移開目光。

小麻糬開心地散步，我們兩人跟在他身後，頻頻拍下他惹人憐愛的身影，或是陪他一起撿貝殼。

我們有一段時間都將原本的目的完全拋諸腦後，真是傻爸爸傻媽媽……

「喂，真紀，這個洞穴好奇怪。」

「這是什麼……滿滿都是花耶。」

在一塊大岩石的凹洞裡，鋪滿了大量花朵，我跟馨都不禁探頭望向那個洞裡。

由於花朵實在是堆得過於隨便，下面的花都開始枯萎了。

「看起來是有人花了好幾天，收集花朵堆在這裡。」

「……那個人……」

該不會是辯天大人的老公……五頭龍吧？

「噗咿喔～～」

小麻糬好奇地想去摸那個洞裡的花朵時——

「不准碰！」

宛如地鳴般的怒吼頓時響起，我們嚇得跳起來，而小麻糬以為自己挨罵，受到驚嚇緊緊抱住馨的小腿，抽抽噎噎地哭起來。

從海面另一頭往這裡逼近的那隻巨大妖怪，令我們不自覺瞪大雙眼。

「那就是五頭龍吧。連脖子也有五條，真有魄力耶！」

「哦，他跟龍身纖長的貴船水神不同，是特效電影裡怪獸恐龍的樣子。外表長得好像某隻有三個頭又金光閃閃的……」

那條龍身體是綠色的，從身軀長出五條脖子，每顆頭上都有一張凶惡的臉。

但是，與他凶神惡煞的長相不搭調的是，每一張臉的嘴裡都叼著花朵，這是他唯一的可愛之處。

「不准碰那些花。那是要送我老婆江之島辯才天的禮物！」

五張臉同時低頭望著我們厲聲怒吼。五張嘴巴同時發聲，也是相當有震撼力。

小麻糬更是嚇壞了，爬上馨的身體，躲進背包裡，只露出半張小臉蛋，偷窺外頭情況。

「對不起，我們擅自碰觸你重要的禮物，但有些花看起來都要枯了。你再繼續堆花，可能全部都會枯死喔。」

我輕描淡寫地提醒他。

五頭龍一聽，將其中一條脖子伸過來，目光銳利地望著我的臉還有旁邊的馨，接著開口：

「你們是……人類？人類為什麼會跑來這種地方？」
「那個呀，是江之島辯才天叫我們來的，她吩咐我們拿離婚協議書過來給你。」
「……咦？」
馨還順手打開離婚協議書，舉高到他眼前說：「你看。」
五頭龍原本充滿威嚴和怒意的五張臉龐，頓時表情扭曲，滾落大顆淚珠。
「怎麼會……怎麼會這樣！小江還在生氣嗎？小江～～」
「……小江？」
因為是江之島辯才天，所以叫「小江」嗎？
他可是有五顆頭，一同大哭起來實在吵得讓人受不了。
「是說，夫妻之間就會有一些小綽號呢，馨偶爾也會叫我『真紀大人』呀。」
「我是出於嫌棄和諷刺好嗎？」
「你又講這種彆扭的話。」
小麻糬一扭一扭地從背包裡爬出來，在馨的頭頂坐好，輕輕摸著五頭龍抽噎哭泣而低垂下來的頭。
哎呀，真是個溫柔的好孩子，明明剛剛挨罵才嚇壞了呢。
不過，小麻糬似乎不太懂為何這隻龍如此悲傷，頻頻歪頭露出困惑神情。
「那個呀，小麻糬，這位龍先生啊，他太太現在要跟他離婚，所以才會難過得哭了喔。」

「噗咿喔～？」

「妳這樣解釋，小麻糬怎麼可能會懂。我跟你說，小麻糬，離婚的意思就是媽媽和爸爸感情變差，相互討厭對方，所以要分開。」

「噗咿喔！」

小麻糬立刻臉色發白，慌慌張張地從馨的頭上跳下地面，朝我們的小腿使勁又推又拉，想讓我和馨靠在一塊兒，看起來十分拚命。

「不、不是啦，我們沒有要離婚，是說我們根本還沒有結婚呀。我們兩個感情好得不得了喔。」

「嗯，因為我老是把『離婚』兩字掛在嘴上，現在他終於懂那個意思了吧……看來以後我要小心一點。」

小麻糬在我和馨之間用力推拉，柔軟身軀都擠壓變形。他拚命努力的模樣實在太可愛，我看了忍不住微笑。我們明白他強烈的心情，他不希望我們吵架。

雖然不曉得辯才天大人和五頭龍之間有沒有小孩，但他們要是離婚了，也會有很多人因此傷心難過吧。

因為，現在四周都是一臉擔心地窺視這邊情況的海洋妖怪們。

「欸，五頭龍，辯天大人說她是因為你在結婚紀念日跑去酒店玩才生氣的，那是真的嗎？」

「……不能說是假的，但也並非事實。」

「啊？什麼呀？這種模稜兩可的回答，不像男人喔。」

馨傻眼地出聲批評，然而五頭龍也不辯解，只是繼續放聲痛哭，這模樣看起來沒半點出息，虧他個子還這麼大一隻。

「不是，我只是在找開在海裡的花而已。」

「開在海裡的花？」

「綿津見草。是一種非常美麗的花，跟小江眼睛的顏色很像，所以我想送她當結婚紀念日的禮物……但就算我去以前經常開花的地點找，也一株都沒看見，只有發現這一朵。」

五頭龍用其他條脖子將正中間脖子上的鬃毛撥開，取出一朵用水膜守護著的花朵。

綿津見草是平常難得一見的靈花，每片花瓣都是封住海水色彩的水滴。

「這樣沒辦法綁成一束花，所以我一直往前游，繼續尋找綿津見草的蹤跡……後來因為有點累了，就決定到南海龍宮城稍微休息一下。」

「聽說……那是人魚們開的酒店。」

我和馨的眼神透出嫌棄的神色。

「我、我可沒有去玩！只是人魚們很煩惱，我就聽聽她們說明情況。聽說最近『狩人』橫行，四處狩獵人魚，再拿去地下拍賣會賣掉。」

狩人在狩獵人魚……又是狩人嗎？

「這真是……相當嚴峻的問題耶。」

「……最近狩人的行動相當囂張呢。」

那是跟之前在淺草地下街聽到的消息也有關聯，鎖定妖怪下手的狩人們幹的惡劣事蹟。

人魚外貌特別美麗，加上又流傳著一種人魚信仰，說她們的肉擁有讓人不老不死的力量，從古老年代就是人類喜歡狩獵的代表性妖怪。

「我聽著人魚們敘述情況，不小心就喝多了她們端上來的酒，在那裡睡了三天三夜。因為被美女們奉承，小小自我吹噓、得意了一下，還有被灌酒……不，不是啦，我只是累了！我一醒來就慌忙趕回江之島，但在我昏睡的那三天中，結婚紀念日就這樣過了。小江氣得半死，把自己關在岩屋裡面……事情就是這樣。」

原、原來如此。

雖然也夾雜一些令人遺憾的藉口，但五頭龍的初衷其實是想尋找稀有花朵，讓辯天大人高興一下。

更加仔細追問後，才曉得五頭龍是為了等江之島辯才天出來，才一直把花往這裡堆。

雖然開在海中的綿津見草只有找到一朵，但擺在這兒的各式花朵，不光只有開在江之島附近的種類，還有從更加遙遠、從大海另一頭帶回來的品種。

「我沒辦法進入那座岩屋，小江也不從岩屋裡出來，根本沒辦法講上話，我完全不知道該怎麼辦呀。」

「呵呵，這樣的話，首先，不要只是把花兒堆得亂七八糟，來做個女生會喜歡的美麗花束吧。不，做花冠可能更好。只要讓那朵綿津見草成為顯眼的主角就好，而且這樣好像聖誕節花圈呢。」

「聖誕節？」

「是現世人類的慶典。因為是異國慶典，像你們這種古老妖怪和神明或許不太清楚。」

「可是……我的手很笨拙，要做出美麗花冠太困難了。」

擁有龐大身軀的五頭龍，露出扭捏的神色。單看他的表情，就能明白他們雖然已是老夫老妻，但他現在也還是超級喜歡辯天大人呢。一想到這點，就令人不禁會心一笑。

「那就包在我們身上！你放心，我從小就很擅長用花朵編織花冠。」

因此，讓我們來做花冠吧。

我、馨、小麻糬先從那堆花朵中挑揀出漂亮的花朵，我再依據江之島辯才天的頭圍，一朵一朵仔細編在一起，著手製作花環。

使用了無數美麗花朵的花環，肯定能成為一個出色的作品吧。

「喂，我拿了從花壇採來的花喔。」

「噗咿喔～～噗咿喔～～」

馨和小麻糬幫我摘來開在江之島上的新鮮花朵。儘管這裡是神域，但開在另一側世界裡的植物園和花壇裡的花朵，似乎也會出現在這裡。

「哇，是紫色的三色堇，好可愛喔！」

「妳為什麼只有看到紫色三色堇時會興奮？」

「不曉得為什麼，我看到紫色的三色堇，就會想到你喔。三色堇看起來不是很像有張人臉在裡頭嗎？是因為那張不悅的表情很像你嗎？而且深紫色又跟你的髮色很接近。」

「啊，什麼呀？我無法理解。」

馨拿起一朵三色堇，想要搞清楚是什麼東西長得像自己。那副神情簡直就跟三色堇裡的臉一模一樣。

當然，不光是這樣而已。

紫色三色堇的花語是「堅定不移的靈魂」。

那應該是我們還在讀小學時的事吧？我在由理家的寬敞陽光房發現嬌美綻放的紫色三色堇時，也跟由理說過這長得好像馨。

當時由理告訴了我這個花語。

堅定不移的靈魂……很像是馨吧？

「喂，我撿來一些漂亮的小石頭和貝殼。」

「喔喔，謝謝，這些看起來能用。」

五頭龍找來了能派上用場的裝飾品。

我在坐起來相當舒適的岩石區裡找了個好位置，專心用雙手俐落地編織花環。

「妳手好巧，簡直像在打毛線一樣。」

「呵呵，因為我最近一直都有在打毛線呀。」

「……打毛線？那我怎麼沒看過妳在打？妳這麼喜歡打毛線嗎？」

「啊……沒有啦，都是你不在的時候呀。那個，哎！我是在打小麻糬的毛衣啦！」

「啊啊，這麼說來，我還想說妳是去哪裡買來這麼小件的衣服，原來是妳親手打的毛衣呀。」

太危險了，差一點點就說溜嘴，讓馨知道我替他準備的禮物。

我低下頭，安靜地專心編花環。要是出現空隙，就挑選配色合宜的花朵插進去，或是把貝殼或小石頭鑲進去。

「不過，沒有把這些固定成環狀的東西耶，要是有條漂亮的繩子就好了……啊，對了！」

我將綁公主頭的緞帶解開，用它來固定花環。

最後再綁緊，打上一個蝴蝶結。哎呀，真可愛。

「妳那條緞帶不是從以前就很喜歡嗎……還是妳爸媽買給妳的……等一下、等一下，只是要找東西綁的話，這些藤蔓或草也可以，我去找替代的東西來！」

「沒關係啦。我確實很常用這條緞帶，但綁頭髮的飾品家裡還有不少呀。這是大家一起完成的花環，我想要讓它盡善盡美。」

「……」

馨原本還想講些什麼，但沒有再多說，只是繼續幫忙我完成花環。最後，我小心翼翼地避免弄散或弄髒，高舉起巨大的花環。

「好，完成了！融合古往今來、大江南北、還有四季風情的花冠喔！」

這並非五頭龍原先打算送給愛妻的綿津見草花束。

但橫跨各地海洋蒐集而來的多種花朵，色彩鮮豔繽紛，十分華美。

飄然垂下的蝴蝶結，還有插在正中間的綿津見草，成了這個花冠的主角，非常賞心悅目。

「五頭龍，你看，你辛苦蒐集來的花朵，變成一個美麗的花冠囉。這比起亂七八糟地堆成一堆美多了吧？」

「嗯，真是太美了，小江看了肯定也會原諒我才對。」

五頭龍似乎放下心來。

但這時，我露出略為壞心的表情說：

「哎呀～那倒是不曉得喔，你還是先簽一下這張離婚協議書比較好。」

「咦？為、為什麼？」

「畢竟江之島辯才天想跟你離婚呀。而且不先讓你簽字，我們就回不了那座岩屋。好啦，你快點簽名。」

我將離婚協議書推向五頭龍，連聲催促。

「真紀，妳這是在耍什麼花招？我們不是為了避免他們離婚才幫忙的嗎？」

「呵呵，馨，你實在不懂女人心呢。這是談判用的必要道具喔。要是他們真的深愛彼此，就不會用上這張紙啦。」

五頭龍的五張臉都激動地哭喊「不要！我不要離婚啦～～」，但我毫不容情地出聲逼迫：

「乾脆一點，快簽名！」他才終於哭哭啼啼地簽了字。不過也只是用嘴巴叼著筆，在上頭畫個圈而已。

不過，並非這樣離婚就成立了。

現世妖怪與神明的婚姻和離婚，不像人間界是由政府統一管理，必須去找另一位地位崇高的神明或妖怪，請對方當證人。

許久以前酒吞童子和茨木童子成親時，好像是請貴船的高龗神證婚的吧？

好，接下來才是重頭戲。

我和馨抱著花冠和這份離婚協議書，回到岩屋。

岩屋裡，江之島辯才天仍舊趴在岩石神社上頭，心不在焉地吞雲吐霧。

「你們總算回來啦。有讓那傢伙簽下離婚協議書嗎？」

「嗯，辯天大人，五頭龍乖乖簽名了喔。」

我將手上的離婚協議書遞給辯天大人。

辯天大人聽到五頭龍真的簽了字，似乎大吃一驚，伸手一把搶過離婚協議書，將臉湊上去緊緊盯著。

「還有這個。這個花冠是五頭龍要送給妳的聖誕節禮物。」

「聖誕節？現世那些不長進小情侶們的節慶活動嗎？」

辯天大人不愧每天都在守護或欺負現世的人生勝利組，似乎曉得聖誕節這個節日。

她接過我和馨原本抱在懷中的花環，一下子舉高，一下子又翻過來仔細瞧。

「五頭龍一直到今天，都忙著去世界各地找花回來，岩屋外頭已經堆滿各種花朵。但他原本是想在結婚紀念日那天，送妳一束綿津見草的花束。」

「……綿津見草？」

辯才天的表情略微起了變化。

難道那是有什麼特殊回憶的花朵嗎？

我將五頭龍說的話，轉述給辯天大人。五頭龍其實是要找綿津見草，才會跑去遙遠海域，結果只找到一朵，半路因為疲憊才會在龍宮城稍作休息。

他傾聽人魚們遇上的麻煩後，由於精疲力竭而陷入昏睡，最後才會在結婚紀念日放辯天大人鴿子。

他希望辯才天能相信他。

還有，他知道自己不對，想跟辯才天道歉，希望她能走出岩屋。

「五頭龍就連簽下這份離婚協議書時，也哭得震天價響喔。」

「嗯，龍的塊頭那麼大，結果卻這麼愛哭。」

「喂、喂，小鬼，不准你說五頭的壞話！可以罵那傢伙的人只有我而已！」

「……哎呀～」

自己老公遭人批評，辯天大人聽得怒火中燒。

看起來相當有希望喔。

「欸，辯天大人，就這樣離婚真的沒關係嗎？五頭龍說，要是妳收下這份離婚協議書，他就要消失到大海的盡頭。」

「……」

「如果妳還愛妳老公，最好坦率地跟他談一談。那隻龍要是想遠走他鄉，連妳也追不上喔，那就再也見不到面了。」

說到這裡，我不禁想起自身回憶，有些憂傷地笑了。

「重要的人離開自己到遠方，是非常悲傷的事情。」

「……」

辯天大人似乎心裡有了答案，將原本拿在手中的花冠戴上頭。

「哼……真是的。」

她橫越我們面前，氣勢驚人地穿過岩屋，走到海岸邊。

接著，朝寂靜無聲的那片汪洋大喊：

「五頭！五頭！給我出來！你這個不中用的傢伙！」

下一刻，大海的另一頭有五顆頭探出來。接著五頭龍現身，一臉擔憂地窺探。實在看不出他是過去讓這一帶深陷恐懼的邪惡妖怪……

他緩緩游過來，巨大身軀爬上岩石堆，背後掛著一個巨大的布包行囊，看來剛剛似乎是在收拾行李，準備從辯天大人的神域消失。

辯天大人見到他這副模樣，不由得慌張起來。

「你、你呀，怎麼全身都是傷。我聽說了你去各海洋採花的事。真是的，你老是以為自己還年輕，總愛胡來。」

「小江，對不起，我居然在結婚紀念日放妳鴿子，妳願意原諒我嗎？」

「原諒？你根本沒有做錯事吧？那根本沒什麼好原諒的。是我自己誤會了，對不起。五頭，真對不起。」

「沒有，小江妳沒錯！是我不好，這麼重要的日子卻沒有陪在妳身旁！讓妳寂寞傷心……」

這幾句話讓辯天大人的雙眸泛起淚光，露出至今從未展現的柔和少女神情，接著她將雙手伸向五頭龍的五張臉，照順序一一親過去。

這個畫面真是……難以形容……又不可思議……

「夫妻果然是床頭吵、床尾合耶。」

馨頗有感觸地輕聲說道。

但仔細一想，馨，我們沒資格講這句話喔。

「這樣就了卻一樁心事吧？接下來看他們自己的造化囉。」

我將一直拿在手中的離婚協議書，從正中間唰一聲撕破。

江之島辯才天和五頭龍見狀，詫異地驚叫出聲：「咦！」

「反正這個已經不需要了吧？你們還要繼續當夫妻呀。」

「不……那是無所謂啦，只是……」

「天女和龍的離婚協議書，沒那麼容易就能損毀，結果卻讓一個人類小女生輕輕鬆鬆撕破了，我們才會嚇一跳。」

「啊啊，原來如此，你們這樣一說……」

照理說，這是地位崇高的神明，或是擁有神格的妖怪才能辦到的事。

換句話說，等於是我在形式上否決了這兩人的離婚申請嗎？

我低頭望向自己的雙手，似乎是在製作花冠時不小心割出許多傷口，微微滲出鮮血。

但我沒讓任何人看見，握拳抵在腰上，豪邁大笑。

「哈哈，那當然，我可是淺草最厲害的無敵女英雄，擁有壓倒性怪力的鬼妻呢。所有靠力氣的絕活都難不倒我，這種小事就不用在意了。」

「哈哈哈哈，真紀大人終於要踏入神的領域了。啊啊啊，好嚇人呀，真是太嚇人了。」

「馨，你現在說的可是自己的鬼妻喔。」

對於馨無奈的嘆息和吐嘈，我一如往常地輕巧閃躲。

「話說回來，我們在這裡花了不少時間耶。」

「差不多該回去了。小麻糬，你跟海星說拜拜吧。」

我伸手抱起方才一直在跟單眼海星玩耍的小麻糬，環顧四周尋找出口。

江之島辯才天和五頭龍連我們人還在這裡都不管，早已逕自卿卿我我起來。趕快撤退才是上策。

「喂，真紀，這邊。」

馨立刻就找到出口。在懸崖的斷裂處，有個結界的小破綻。

我用蠻力硬是將它撐開後，在炫目刺眼的現世光芒中離開這裡。

江之島辯才天和五頭龍，祝你們這對夫妻就算吵吵鬧鬧，也能一輩子幸福相守。

「結果又被捲進跟妖怪有關的糾紛裡，沒能悠閒地約會呢。」

「沒關係啦，這樣也很有我們的風格呀。」

回家前，我們在正好能夠看見江之島的湘南海岸散步。

小麻糬啪噠啪噠地走在海岸上。他看見自己的腳印形狀，顯得樂不可支。

我們抵達能夠欣賞美麗日落的絕佳地點，在海岸上挑了個好位置坐下。馨坐在我身旁，兩人一起吃著從便利商店買來的咖啡歐蕾和肉包。

「能在太陽下山前解決真是太好了，才能看見這麼美麗的日落。」

「妳看，從這裡還能看見富士山耶。」

「江之島的地獄穴一直通到那麼遠的地方啊。」

好一陣子，我們出神地望著深濃橙紅的晚霞、安靜細碎的小波浪，還有另一側的富士山。熱騰騰的肉包和咖啡歐蕾美味至極。日常的幸福時光。

「啊，對了，我竟然忘得一乾二淨……馨，其實我有準備聖誕禮物給你。」

「咦？妳有禮物給我？」

「什麼呀？你幹嘛一臉害怕的表情，不是什麼奇怪的東西啦。」

馨在害怕……但人家可是為了今天努力好久耶。

「給你！」

我從托特包中取出一包禮物，有些害羞但氣勢十足地遞出去。仔細一想，搞不好這是我第一次送親手做的禮物。

馨神情肅穆，慎重地打開袋子。

「我、我又不是在裡面放染血橡實爆彈！沒有危險啦！」

「我沒有這樣想！只是摸起來很柔軟，我怕會被海風吹走。嗯？這是什麼？」

馨將那東西從袋中取出來舉高，是個用觸感舒適的黑色毛線編成的物體。

「你覺得是什麼？」

「肚子的暖爐……俗稱肚圍。還有……這是襪子，而且是分趾鞋襪？」

「沒錯！完全正確，你真聰明耶。接下來天氣會漸漸變冷，我想說要幫你加強保暖才不會感冒。肚圍很好用喔，聽說只要肚子暖和，基礎代謝也會跟著提高。而且又不用管外觀看起來是否帥氣，可以放心藏在衣服底下。這樣一來就連體溫偏低的你，身體應該也能暖和起來才對！還有，我織了分趾鞋襪，雙腳也要好好保暖呢！」

我拚命說明，講個沒完的模樣讓馨失聲大笑。

居然還別過臉去嗤嗤偷笑。

「你、你喜歡嗎？」

「不是一般的手織圍巾或手織毛衣，而是手織肚圍和……分趾鞋襪。真紀，這實在太有妳的風格。不過，真是謝謝妳，看起來很溫暖。」

「……超喜歡的喔。最近在路邊攤打工時都冷到受不了，我會乖乖穿上肚圍、套上分趾鞋襪。」

馨那抹有些惆悵的微笑，令我的胸口驀地揪緊。

「話說回來，妳居然會打毛線，真厲害呢。」

「哎呀，我原本就很擅長縫縫補補，畢竟前世就已經學會基本技巧。之前班上女生在流行打毛線，我也向朋友借書來自學，結果就迷上了。幫小麻糬打毛衣的時候，想說順便也替你打個什麼吧。」
「……我只是順便喔？」
「開玩笑的啦。裡頭可是藏著對你平日照顧的滿滿感謝還有愛意呢。」
「……」
這時，馨也伸手進自己的包包裡摸索，掏出一個東西。
細長的方形盒子……？
「什麼什麼什麼？馨，你有禮物要送我嗎？快給我快給我。」
「嘖……完全不懂客氣兩個字怎麼寫的現實傢伙！」
我伸長手想去拿，但馨把禮物拉遠吩咐：
「真紀，閉上眼睛。」
我聽話地闔上雙眼，馨自己拆開包裝，伸出雙手繞過我的脖子，不曉得在做什麼。被他的溫度輕柔地包圍住，令我不禁有點小鹿亂撞。
「好，妳可以張開眼睛了。」
我緩緩睜開雙眼，伸手摸摸感覺多了個東西的脖子。
細緻鍊子的觸感令我詫異，低下頭仔細一瞧，銀鍊盡頭有一顆小小的紅色石頭閃耀著光芒。
「這個該不會是……紅寶石項鍊吧？」
「正是。並不貴啦。雖然我曉得妳沒有特別喜歡飾品，可是我想說……有一條項鍊應該還是滿方便的吧。」

「當、當然呀！你沒有太勉強吧？你這麼害羞，居然能去買這種女生的東西。」

「唔、嗯，是說……我叫由理陪我去，才勉強買好。」

馨露出苦笑，將視線瞥向旁邊。

原來如此。如果是由理，即使連少女服飾店也能堂堂正正地走進去吧。

「我好高興，能有個一直隨身攜帶的東西……嗯，我真的很高興喔。我會一直戴在身上，睡覺或洗澡時也都會戴著！」

「不不，拜託妳洗澡時要拿下來，會生鏽喔。」

一絲不苟的馨將包裝紙摺好，打算用原本裝飾盒子的紅色緞帶綁起來。

我凝視著那條緞帶好一會兒。

「等、等一下！」

我慌忙伸手搶過馨原本拿在手裡的那條裝飾用緞帶，接著把緞帶扭曲變形的地方拉直……再綁到自己頭髮上。

「馨，你看，緞帶！」

「妳呀……」

「只要是你送的東西，每一樣都是寶物喔。從千年前就是如此。」

我站起身在原地轉圈，欣賞紅寶石劃過眼前的高雅光輝、飄然翻動的緞帶，以及延伸在沙灘上的影子動作。

「呵呵，好漂亮喔。」

我像個孩子般興奮喧鬧，馨有些出神地望著這樣的我。一旁的小麻糬則是模仿我的動作，跟著旋轉起來。

赭紅色天空映照在海面上，眼前大海遼闊得彷彿沒有盡頭。我現在幸福極了，幸福到幾乎想要朝著那片海大喊。

「閃閃發光呢……」

「嗯？你說海嗎？」

「不是……嗯，差不多該回去了。」

「好，也是呢，回家吧。」

我們自然地相視而笑，牽起彼此的手，漫步在長長的沙灘上。

「今天連一片雪都沒有下呢。連個白色聖誕的影子都沒有。」

「以十二月底來說，天氣算溫暖舒適，運氣真好。」

「……也是，這樣比較好。」

比起浪漫，更在意舒適與否。

我們跟平常一樣，不像高中生呢。

我將並排走在一塊兒的三個剪影深深烙印在腦海中，做為家人間的寶貴回憶珍藏在心，踏上歸途。

〈裡章〉若葉仍舊不曉得哥哥是誰

那是我偶爾會作的夢。

我——繼見若葉，在植物和鏡面世界中無止盡徘徊的「惡夢」。

「哥哥、哥哥！救我，哥哥！」

有甚麼東西從鏡子裡監視我。那太恐怖了，我嚇得放聲哭喊。

就連在夢境裡，哥哥都來救我了。

「剛剛有人從鏡子裡向我招手。一直、一直向我招手，想要帶我走。哥哥，為什麼我老是會遇見這種事呢？」

「沒事的，我來了，若葉，沒事囉。那傢伙沒辦法再欺負妳。不過其實呀，他只是想跟妳一起玩而已。」

「……想一起玩？他？那到底是什麼？」

我平常就害怕那些「好像看得見卻又看不到的東西」，總是非常依賴哥哥。只有哥哥能理解我說的話，願意相信我。

不過就連在夢裡頭，哥哥都不告訴我那些究竟是什麼東西。

「若葉，他們很可怕嗎？那也是當然的吧。搞不懂的東西、好像看得見卻又看不到的東西、摸不透真面目的東西，最可怕了。既然這樣，一開始就連他們的存在都察覺不到……會比較好吧。」

喀嚓。喀嚓喀嚓喀嚓喀嚓。

哥哥和我都在的那個畫面，從角落像拼圖般碎裂成無數塊，一塊接著一塊伴隨著啃咬聲消失。是誰吃掉了我的夢呢？

○

就連聖誕節的早晨，哥哥也都待在爸爸的書房看書。

他在窗邊閱讀的身影，總是這麼優雅。

「早安，哥哥，你在看什麼？」

哥哥立刻注意到從門後探出頭的我，臉上綻放柔和的笑容。

「早安，若葉。這是莎士比亞的《哈姆雷特》，我突然想看一下。」

手上翻閱的書籍是外國經典文學名著，這一點也很有哥哥的風格。

掛在窗邊的水晶飾品折射陽光，讓耀眼光輝灑落在他的臉上，使那張笑臉看起來更加飄渺夢幻，彷彿就要消失一般。

「話說回來，若葉，就算今天放假，但妳是不是有點睡太晚了？」

「還不是因為今天你沒有叫我……」

「真傷腦筋耶，我記得昨天是妳自己說『明天可以不用叫我起床』的呢。」

「啊，對耶。」

沒錯，我昨天熬夜做東西。

而且房間裡現在又有另一個「祕密」存在。

「若葉，怎麼啦？」

哥哥發現我坐立難安地扭動著，側頭詢問。

「給你個好東西，聖誕禮物！」

我雙手伸直，遞出一個精美的小袋子。

哥哥接過那個袋子，仔細打開，雙眼微微睜大了些。

是書籤。將藍色花朵固定在細長和紙上，再塞進金屬邊框後就大功告成。這是我的自信之作。

「這是……用來夾在書裡的書籤吧。這個押花是……勿忘草？」

我點點頭，哥哥別過臉輕笑起來。

「難怪書房裡比較厚重的書都不見了，是若葉拿去的吧？」

「書的分量要夠重，才能做出漂亮的押花呀。」

「呵呵，謝謝。妳真厲害，做得很漂亮，不過為什麼是『勿忘草』呢？」

「……總覺得這個花很像你。我一直都有這種感覺。」

「啊哈哈，是這樣呀。」

哥哥原本笑個不停，這時伸手摸摸我的頭，再講了一次「謝謝」。

那句話、那個聲音，就像一顆落入平靜湖面的水滴，在我的內心泛開陣陣漣漪。

哥哥的聲音果然很不可思議。

「若葉，我也有準備聖誕禮物給妳喔。」

「今年是什麼拼圖呢？」

「嗯……每年都送拼圖，沒有什麼驚喜的感覺呢。」

哥哥每年聖誕節都會送我一盒名畫拼圖。

最初是為了讓身體孱弱、不太能去外頭玩耍的我可以打發時間，但拼拼圖現在已經成了我的興趣之一。

哥哥放在我手上的是一個用精美包裝紙包好的四方形盒子。

我將包裝紙上的膠帶小心撕下，取出裡頭的盒子。拼圖的盒子。

「今年是〈奧菲莉亞〉喔。」

「哇，太棒了！自從上次在畫展看到之後，我就一直想要呢。我好喜歡這幅畫。」

那是約翰．艾佛雷特．米萊的畫作〈奧菲莉亞〉。

這張畫描繪的是在莎士比亞的劇作《哈姆雷特》中登場的年輕貴婦，非常出名。

漂浮在小溪上的年輕女性，晃蕩在水面的花朵，給人一種莊嚴又飄渺的感覺，非常美麗。

我記得上次去的那個畫展，作品介紹寫到畫裡的每一種植物都有其涵義。

「若葉，妳知道這幅畫裡畫的花是什麼嗎？」

哥哥把印在拼圖盒子上的畫轉向我，出聲詢問。

「嗯……首先是奧菲莉亞為了掛上花冠所以爬上去的柳樹吧。就是因為柳樹枝條折斷，奧菲莉亞才會摔進溪裡死掉，對吧？漂浮在小溪上的是雛菊、紫花地丁和三色堇？接著是罌粟花跟玫瑰，其他還有很多……」

「環繞著奧菲莉亞的花朵，有許多花語都暗示死亡、悲傷、無法實現的心願。不過，若葉……妳覺得開在最前方的那種花是什麼？」

「……啊，是勿忘草。」

「對，真不愧是妳。妳剛剛說勿忘草很像我……我呀，也覺得這幅畫裡有一種花很像妳喔，妳知道是哪一種嗎？」

「嗯……玫瑰？」

「玫瑰……應該更符合真紀的形象吧。」

「不過，比起這幅畫裡的那種淺粉紅色玫瑰，真紀應該更像是大朵的鮮紅玫瑰，就像我們家陽光房裡開的那種。」

「啊哈哈，的確是這樣。」

接著，哥哥伸手指向〈奧菲莉亞〉那幅畫裡的白花。

「我覺得很像妳的花是雛菊，花語是……」

「純潔、天真，對吧？哎，哥哥，你還是把我當三歲小孩嗎？」

我忍不住輕捶哥哥的手臂。

「哈哈，對不起。但我還是一看到雛菊就會想到妳呢。」

「好吧……反正我也喜歡雛菊，沒關係啦。」

雛菊嗎？

既然哥哥說它像我，那我以後大概會更加喜歡雛菊吧。

「嗯？」

就在此時，這間書房正上方的房間，傳來叩咚叩咚東西倒塌的聲響。我和哥哥同時抬起頭。

我很清楚造成這股噪音的源頭，臉色立刻發白。

「剛剛那個聲音是什麼呀？這上面是妳的房間吧？」

「沒……沒事！我想應該是書堆得太高，崩塌了吧。」

「若葉，我知道妳不喜歡整理，但還是要維持房間整潔比較好喔，而且到處都是妳拼到一半的拼圖片，小心會不見。」

哥哥像媽媽般叨念我。

為了避免他繼續追究這件事，我趕緊轉移話題。

「對、對了，哥哥，真紀他們等一下就會來我們家對吧？」

「嗯，要在清空的那個大房間舉辦聖誕派對，就是已經擺好聖誕樹的那間。可能會有一點吵，不好意思。若葉，妳也一起來嗎？」

「不、不用了，我想要快點開始拼這盒拼圖。」

哥哥有兩個從幼稚園就相當要好的朋友，茨木真紀和天酒馨。

他們三人從小就老是玩在一塊兒，我也常常跟其他兩人碰面。

真紀和馨都是非常好相處的人。

只是我總覺得，有一點……奇怪。

「欸，現在才問好像有點晚，但真紀和馨在交往嗎？」

「咦？嗯……這種講法好像不太精準，但以一般標準而言，應該是這樣沒錯吧。」

「只有哥哥被排除在外嗎？」

「哈哈，不是的，原本我們的關係就是那兩個人，再加上我。但是我呀，很希望他們可以一直在一起，所以光是能在旁邊守護，我就覺得很滿足了。」

……好難懂。哥哥、真紀和馨之間的關係，真是撲朔迷離。

「若葉，怎麼了嗎？」

「沒有！這個，謝謝你。」

我抱著那盒拼圖走出書房，衝上階梯回到自己房間。

「……我就知道。」

房裡亂成一團，為了製作押花而堆高的書本散落一地。

還有，床上有隻縮成一團的「某種生物」。

毛色從身體正中間涇渭分明地左右各分為黑色和白色，長鼻子的小隻野獸。

黑白的某種生物。

「我不是說過不可以從床底下跑出來嗎？要是哥哥發現，絕對會把你趕出去喔，因為哥哥『看得見』。」

「拔——庫，拔——庫～」

牠的叫聲非常奇特，但這也是只有聽得見的人才能聽到。

我也不太清楚牠究竟是什麼。

「你該不會是肚子餓了吧？等等喔，我晚點拿聖誕烤雞來給你，現在先吃這個忍耐一下。」

「拔——庫～？」

我遞給牠的是我們家旅館販賣的土產，快過期的日式甜饅頭。這隻小東西眨了眨圓滾滾的雙眼，將鼻頭湊近甜饅頭嗅了嗅，接著便狼吞虎嚥地吃起來。

「……好奇怪喔，但是很可愛。」

兩天前的傍晚，我在淺草車站附近買完東西回家後，就發現這隻奇怪的野獸倒在陽光房裡。牠身上布滿傷痕，但似乎只是吃了我種的花後睡著了。

我雖然不曉得這是什麼野獸，但隱約明白牠並非單純的動物。

因為至今我已經察覺過太多次，那些「好像看得見卻又看不到的東西」。

「一直感覺有什麼東西在，或是只看見影子，只有剪影模模糊糊地浮現之類的……或是就算看得到，也知道那並非人類。」

我伸手撫摸眼前小隻黑白野獸的後背，斷斷續續地說道。

這肯定是哥哥很了解，而且一直能夠看見的東西。

偶爾，哥哥會凝視著什麼東西都沒有的地方，或是朝空無一物的場所低聲說話、露出微笑。

他是個非常機靈的人，這些時刻他都會留神，避免引起他人疑心。

「不過，他身上仍是充滿謎團呢。」

其實，我還注意到另外一件事。

但哥哥肯定認為我什麼都不記得吧。

「哥哥從過去的某個瞬間開始，突然就變了。我記得很清楚……」

那是很久很久以前的事。

一直到我兩歲為止，都常常被大我四歲的哥哥欺負。

他會捶我、捏我，還會拉扯我的頭髮。雖然爸媽會罵他，但哥哥大概是覺得爸媽被我這個妹妹搶走了，內心很忌妒吧？那時候我很怕哥哥。

可是，從某個瞬間開始，哥哥就像變了一個人似地，性格轉為溫柔穩重。

雖然偶爾會在爸媽面前耍任性，但現在回想起來，那該不會是為了怕別人發現他性格驟變才刻意表現出來的舉止吧？他上小學以後，已經是個跟現在沒太大差別、像大人般懂事的小孩。

沒錯，哥哥變了，簡直像內在整個替換掉一般，徹頭徹尾變了。

但那其實無所謂。

因為我非常非常喜歡現在的哥哥。

不管去哪，我老愛黏著溫柔的他。哥哥總是代替忙於工作的爸媽細心照顧我。

無論課業、才藝，樣樣都能做到完美的優秀哥哥。

爸媽也以這般出色的長男為傲吧。雖然是一對沒發現自家小孩從某個瞬間突然巨變的爸媽。

不過，這樣不是很好嗎？畢竟我們都很喜歡哥哥。

哥哥為了獲得我們家人的愛，也一直非常努力。

甚至連待在家裡時，依然繃緊神經……

「不過呀，哥哥也有放鬆的時候喔，就是他跟真紀和馨待在一塊兒的時候。」

他們是哥哥的兩位童年玩伴。

真紀是位體貼又有朝氣、講話語氣有點像歐巴桑的美少女，而且是個大力士。

夏天一起去烤肉時，我親眼看見她三兩下就打開媽媽轉不開的瓶蓋，那時哥哥還發表評論說：「真紀的力氣跟黑猩猩一樣大。」

馨的個子很高，長相也十分帥氣，可是內在卻像個歷經滄桑的歐吉桑。

他老是愛抱怨真紀，但我非常清楚他只是嘴上講講，其實對真紀極為專情。夏天一起去河邊玩時，他盯著真紀穿泳裝的身影看得目不轉睛，我在旁邊瞧見都忍不住偷笑。

哥哥總是跟那兩人在一起，只對那兩人敞開心扉。

我曉得其中緣由。

「那兩個人，大概也是看得見的人喔。上次我看到真紀在隅田川跟一個不是人類的女人在一起。所以對哥哥來說，比起看不見的家人，跟那兩個人待在一起更能夠安心吧。」

可是呀，哥哥，你就連對他們，都有事情瞞著沒說吧？

大概只有我一個人發現。哥哥他……

我哥哥——繼見由理彥，根本不是人類。

哥哥是在那個瞬間，取代了真正的繼見由理彥的某個東西。

「啊，不可以！勿忘草可是『哥哥』耶！」

「拔——庫～～」

我擺在床頭板上做裝飾、插在小瓶子中的勿忘草，綻放著水藍色的花朵。

黑白獸剛剛打算要吃掉它，我立刻出聲制止。

這隻小東西喜歡花嗎？

「你等等，我去摘一些可以給你吃的花回來。不可以離開這間房間喔。」

我踏出房門，朝家裡的陽光房走去。

滴、答、滴、答……

走廊上的古老掛鐘，今天指針走動的聲響感覺特別清晰。

掛在走廊兩旁的幾幅名畫拼圖，看起來似乎正在微微移動。

各個空房間都散發出有什麼東西在裡頭的氣息。

雖然只有我注意到，但肯定不是我多心。

視線瞥過的拉門，晃動著奇特的剪影。我穿過擺滿古董、榻榻米已經老舊的房間，往後來才

在庭院裡加蓋的陽光房走去。

「……咦？」

那裡有個沒見過的人。

不，不是人。他不是人類。

那是一位脖子上繫著細繩領結，身穿舊式黑西裝，擁有銀色短髮的青年。外表雖然與人類無異，但那冰冷美貌散發出一種絕非人類的氣息，我能分辨得出來。

那個人撫摸著紅玫瑰，身影顯得有些憂傷。不過他一發現我，就將冰冷銳利的視線射過來。他的額頭上有一隻角，斜斜地伸向空中。

眼睛顏色也左右不同，多麼漂亮的金色和紫色……

「你是誰？」

我用力吞下一大口口水，出聲詢問。

「妳不怕我嗎？」

「我也不知道。過去我很害怕，可是……可是，害怕不是人類的生物，好像就在否定哥哥似地。」

「哈，喬裝的天才卻讓自家妹妹發現真面目，真是笑死人了。」

那個人撥了撥瀏海，嘲諷地笑道。

「在京都時，明明能在我面前完美化成茨姬的模樣。可惡，鵺這傢伙真是讓人火大。」

「夜？哥哥叫做『夜』嗎？」

「哦，妳有注意到呀？外表看來柔弱，倒是個聰明的姑娘呢。」

「欸，你知道我哥哥的事情嗎？哥哥他到底是什麼東西呀！」

我不由自主地大聲起來，快步跑向那個人。

那個人因我的反應而嚇一跳，食指抵在嘴前說：

「小聲點，要是被鵺發現就麻煩了。為了不讓他察覺，我可是花很多時間隱蔽氣息，才能進到這裡……」

接著，他神情有些複雜地低聲問：

「妳想知道妳哥哥的祕密嗎？」

那或許是我最渴望聽見的問題也說不定。

想知道嗎？沒錯，我想知道。

哥哥到底是何方神聖？我想知道哥哥真正的身世。

因為我們一直生活在一起，我卻什麼都不曉得。

明明我最喜歡他了。明明他是我的家人。明明我希望能成為最了解他的人。

「我想知道，我想知道哥哥的真面目。偶爾我會想，沒有人曉得真正的哥哥……他肯定很寂寞吧？」

我不由得將這些話說出口。

此刻我還完全不明白，那意味著什麼。

銀髮青年露出一個幾乎難以察覺的滿意笑容。

「那好，我會替妳製造能得知妳哥真面目的機會。相反地，要拜託妳照顧那隻妳在這裡撿到的小東西一陣子。那是異國妖怪，叫做『貘』。」

「妖怪？……貘？」

「只要妳許願，說想知道哥哥的事，『貘』一定會回應妳。只是要小心，貘經常感到飢餓。牠現在好像是吃妳寄宿在花朵中的靈力，但差不多快開始吃『夢』了。別連心都讓牠啃食得一乾二淨喔。」

那個人說完這句話，似乎察覺到什麼，突然抬起頭。

「哼……那群吵死人的傢伙來了呀。」

接著，他擅自摘下一朵紅玫瑰，步出這間陽光房。

他到底是何方神聖？仔細一想，這是非法入侵吧？

而且還摘走一朵正嬌豔綻放的大朵紅玫瑰。

花莖上的刺沒傷到他的手吧？

「花語是什麼呀……」

紅玫瑰。

花語是──對了，是熱情。

第四章

化貓與寒椿（上）

「茨姬大人，我聽說聖誕節要送重要的人禮物，所以就跟阿水一起烤了蛋糕。這孝敬您那勇猛的腸胃。」

眷屬八咫烏影兒誇張地低頭鞠躬，將蛋糕像貢品般遞給我。

「哇～這是影兒做的嗎？好厲害喔，好漂亮的巧克力蛋糕！」

「不，不是啦，真紀。這該說是巧克力蛋糕，還是烤焦的起士蛋糕呢……？」

阿水在一旁冷汗直流地說明。明明現在可是寒冷的冬天。

「影兒難得說想煮東西，我就把廚房借給他使用。但實在太危險了，我只好出手幫忙。儘管如此，最後還是搞砸了！」

「你、你給我閉嘴！還不都是因為阿水你在旁邊一直叨念太煩了！去死！」

年長眷屬阿水和老么眷屬影兒，一如往常吵得不可開交。

虧我剛剛聽到他們一起做蛋糕，還以為他們處得不錯，正暗自開心呢。

「喂，你們不要在別人家亂來。」

馨擔心這兩人動手，會殃及這個家裡的物品。

畢竟這裡可是由理家。

裝飾在和室角落的那棵大型聖誕樹，雖然不太搭調，但相當有存在感。

「好了，你們兩個。就算是烤焦的起士蛋糕，只要剝掉烤焦的地方，還是很好吃呀。是說，我連焦掉的部分也吃就是了。畢竟我的胃勇猛果敢又任性自我，而且也沒其他功用了。」

我熟練地幫大家切好蛋糕，用手直接抓起其中一塊就塞進嘴裡。

「嗯～天啊！影兒，很好吃耶。雖然帶點苦味，但這樣也很香，我很喜歡喔。表面雖然是咖啡色的，但裡面真的是起士蛋糕。影兒，你真棒，一定花了很多功夫做吧。」

轉眼間我就將可愛眷屬的愛意吃得一乾二淨，並連聲讚美做為回禮，還緊緊抱住他。影兒順勢依偎在我身上，太過感動到哭個不停。

小麻糬也跟著緊緊抱住他最愛的影兒。

「為什麼！為什麼都是影兒！」

阿水大聲哀號。

「他忘了加檸檬汁，偷偷幫他補進去的是我，收拾殘局的是我，去唐吉軻德買蛋糕盒和紙盤的也是我！明明我做了這麼多！結果真紀根本不用紙盤和叉子，直接用手就抓著吃了！」

「算了啦，大叔，人家年紀小，你不要忌妒嘛。你的辛苦付出，就由我來慰勞你吧。」

「明明影兒的年紀比我大好嗎！話說回來，為什麼我要被主人的老公安慰？真是太屈辱了～～！」

馨拍了拍阿水的肩膀，阿水忿忿用拳頭捶地上榻榻米。

「阿水，也很謝謝你喔。你願意幫忙影兒挑戰做蛋糕，真是個了不起的哥哥呢。起士蛋糕這麼美味，可以想見過程中你一定很認真在監督。乖，來靠在我胸前吧，我送你一個擁抱當聖誕禮物。」

「啊……」

阿水張開雙手，搖搖晃晃地朝我走來，但馨立刻拉住他和服上的腰帶，阻止他靠近。

「馨，你幹嘛拉住我！」

「影兒可以，但我不想要你抱真紀。總覺得……有股色瞇瞇的邪念。」

「開什麼玩笑呀～～你這個笨蛋，放開我！不要汙衊我的忠誠和敬愛！給你好看喔～～嘿喔～～！」

「喂，阿水，你變了一個人囉，沒問題吧？」

阿水明明沒有喝酒，行為舉止卻像是爛醉如泥。

「大家～上菜囉，是我們家廚師做的烤全雞～」

由理將鶇館色香味俱全的烤全雞端進大房間。

「唔哇啊啊！剛出爐的烤雞！一定很好吃！」

「居然有烤全雞，太豪華了吧～」

我們兀自感動不已時，由理的媽媽從後方探出頭來，雙眼閃閃發亮地說：

「大家看起來都很開心呢。」

「阿姨，午安！」

「每年都借我們大房間開派對，謝謝妳。」

我和馨跟阿姨打招呼。

「真紀、馨，午安呀。我想說光吃肉應該會膩，所以也做了沙拉喔。水果香草沙拉，不用客氣盡量吃。」

「哇，阿姨，太感謝妳了！看起來超級美味的～」

擺滿光澤動人的各式水果，色彩繽紛又高雅的香草沙拉。阿姨說是用他們家裡大間陽光房種的多種香草，加上新鮮水果做成的。

「午安，鶇館的女主人，很感謝妳今天的招待。」

剛剛還像小朋友一樣鬧個翻天覆地的阿水，立刻搖身一變，像位成熟紳士般彬彬有禮地道謝。

「呵呵，淺草的名藥師阿水醫生，我們家若葉從小就承蒙你關照了，請你今天好好享受喔。對了，這位是？第一次見到呢。」

「那……那個，我……」

影兒神態扭捏，一句話都說不完全，所以阿水用力壓下影兒的頭回道：

「他是寄宿在我店裡打工的小朋友，其實是我外甥。」

對於人類顧客，他似乎總是如此介紹影兒。

「今年也很熱鬧，由理彥看起來也很開心，這樣真好。你爸爸說他待會兒也要拿東西過來喔。今天爸爸扮成聖誕老人，要讓他拿什麼食物過來才好呢～」

阿姨離開時，發出如銀鈴般的清脆笑聲。由理聽了趕緊把頭伸向走廊對她說：「不、不要啦，媽媽，全家出動很不好意思耶。」

「有什麼關係，由理，你們家的感情一直都這麼好呢。」

「真紀，妳事不關己就這樣說。」

「才不是。阿姨總是這麼有氣質又美麗，即使像我們這樣『異於常人』的奇怪傢伙聚在一起，臉色也沒有絲毫不悅，大方地接納我們。好溫柔喔，我超級喜歡她的。我也想趕快見到叔叔，他明明是個成熟的紳士，卻風趣又愛開玩笑。」

由理聽到我這麼說，有些不好意思地搔搔臉。

引以為傲又深愛的家人受到旁人讚美，會感到害羞又開心吧。

「我們來了。」

剛好此時，獸道姊弟帶著披薩、無酒精香檳、還有許多聖誕裝飾品來了。

「因為姊姊喜歡可愛的東西，所以我們家明明只有一棵聖誕樹，裝飾品卻多到滿出來～就拿來給大家用～」

「來，我們趕快掛上去吧！頭目也一起來。」

姊姊阿熊攤開大塊包巾，取出裡頭的聖誕樹裝飾，弟弟阿虎則伸手拉他的頭目——馨——站起來。

「真受不了耶，我老是得做事。」

馨嘴上嘟囔，仍是順著熱愛慶典與華麗裝扮的前部下們的請求，一一將裝飾品掛上聖誕樹。

「嗯？小麻糬想掛這個嗎？好喔～我幫你掛上聖誕樹。」

「阿水你噁心斃了去死！」

阿水和影兒也懶洋洋地一一將小麻糬邊說「噗咿喔」邊指出的飾品掛到樹上。

「呵呵，馨還是拿兩位前部下沒辦法呢，而影兒跟阿水也是好疼小麻糬。」

「大家感情融洽是好事。」

我跟由理聰明地將裝飾工作都交給他們，逕自坐在一旁，悠閒地喝著熱騰騰的綠茶。

這樣的時光令人感到無比溫馨。大家能再次像這樣聚在一起，熱熱鬧鬧地談笑，簡直像是作夢般幸福。

真希望這樣的時光，往後也能一直持續下去……

「對了，由理，之前我在隅田川附近碰到若葉喔。」

「碰到若葉？」

「剛好是結業式那天，她好像去車站上頭的百貨公司買了不少東西。」

由理聽了就應聲「啊啊」，似乎想到什麼，輕聲笑起來。

「大概是去買材料吧。」

「什麼的材料？」

「為了做押花書籤的材料。」

由理看起來心情很好，將放在角落櫃子上的小型文庫本拿過來，抽出夾在書中的押花書籤給我看。

「哇，好漂亮，是勿忘草耶！」

勿忘草。質樸的藍色花朵，我覺得非常適合由理。

將押花固定在細長和紙上，再塞進金屬邊框製作而成的書籤，實在太精美了，根本不像是手做的。

「哦，手藝也太靈巧了吧，這是鵺大人的妹妹做的嗎？」

「嗯，我妹妹若葉喜歡園藝，經常拿自己種的花朵做成押花。」

「在現代還親手做押花書籤呀，既古樸又別有情調呢。」

阿虎和阿熊興味盎然地盯著那張書籤。

「由理，你很高興吧？」

「當然，畢竟是我最疼愛的妹妹送的禮物。馨，『那個』已經順利送出去了嗎？」

「啊，混帳，噓！」

馨驀地停下掛飾品的手，慌張回過頭來。

「你們聽我說聽我說～～昨天馨他呀～～」

「啊啊啊啊啊，閉嘴啦啊啊啊啊！」

我正要向大家炫耀昨天在江之島約會時收到的紅寶石項鍊，害羞低調的馨就從背後伸手摀住我的嘴，阻止我開口。

阿水咬手帕苦著臉嘟噥：「嘖，搞什麼年輕情侶的玩意兒呀！」影兒則完全不了解發生什麼事，而小麻糬仍舊著迷地盯著那些閃亮的聖誕樹飾品。

阿熊和阿虎神情相仿，都一臉滿意地望著我們倆。

「啊，組長打電話來。」

就在此時，淺草地下街的大和組長來電。

「大和為什麼會打給妳？」

「應該是……津場木茜的事吧。聽說那傢伙目前受到處分，在家反省。」

我們在京都時受到他鼎力相助。或許該說，給他添麻煩了。

我們能平安回到淺草，或許就是因為津場木茜在那時挺身而出掩護我們，然而那傢伙卻因此受陰陽局懲罰，現在只能關在家裡什麼都不能做。

我走出和室，到走廊上接起組長的電話。

果然是要講去津場木家拜訪的事。組長簡短說明前往津場木家的交通方式，還有該注意的事項。

『我很想跟你們一起去，但那是除夕前一天，淺草的情況會比平常更混亂。你們要是一有什麼疑慮，就立刻跟我聯絡……真是的，居然打算去津場木家，我頭都要痛了。』

「哈哈，組長，真不好意思，但我有些話無論如何都想當面跟他說。」

『我明白。妳平常雖然愛胡來，但其實是個重義氣、講禮數的傢伙。算了，總之小心為上，妳跟天酒應該是沒問題啦。』

「嗯、嗯，組長，謝謝，你也要注意，別因為年底的工作忙壞身體喔。除夕時來淺草的人類和妖怪，肯定會多到滿出來。」

『啊……我現在胃就開始痛了……』

組長非常擔心我們，但我也為組長的情況感到擔憂。

從除夕到正月初三，他肯定會忙到分身乏術吧……

「真紀，電話講完了？」

「啊，由理。」

在我剛好掛上電話時，由理從和室走出來。

他手上抱著穿戴聖誕老人紅色帽子和斗篷的小麻糬，可愛得要命！

「哇啊啊啊，這是什麼！太可愛了～～」

雖然只是制式的紅白裝束，但搭配企鵝寶寶圓滾滾軟綿綿的身軀，殺傷力滿點。這已經該稱為一種可愛的暴力了！

「呵呵，熊童子帶來玩偶用的小衣服，說要給小麻糬穿。因為實在很可愛，就來給妳看一下。」

「太療癒了～小麻糬根本像是受親戚們疼愛的寶寶，真好呢～」

我湊上去磨蹭他的臉頰，小麻糬高舉單邊翅膀，得意地回應：「噗咿喔！」

「啊，對了，由理……我剛才不是跟你說我遇到若葉嗎？」

「咦？嗯。怎麼了嗎？」

「就是……若葉說了句話，我有點在意。她問我：『哥哥到底是什麼？』」

「……」

「這是什麼意思？由理，你沒有不小心露出馬腳，讓她知道你以前是妖怪吧……沒有吧？」

由理露出我從不曾見過的震驚神情。

那張臉血色褪盡、極為蒼白，不像平日沉穩的他。

「由理？你還好嗎？不會吧？」

「沒事。真紀，妳擔心的事應該沒有發生。」

「可、可是，你的臉色很蒼白喔。」

「……不好意思，沒問題的。只是，原來如此……」

由理獨自領悟了什麼，垂下臉輕聲笑起來。

然後——

「欸，真紀，妳覺得我看起來像什麼？」

古老日式房屋的寂靜走廊上，他如此詢問我。

那張神情、那個聲音，讓我下意識地背脊發冷。

由理……？

「喂，你們在幹嘛啦，阿虎說他想吃烤雞了。」

馨拉開門扉，喚我們進屋。

「真紀，我們進去吧？」

「咦？喔，好。」

我頻頻點頭。內心卻突然產生疑問，還有某種預感，莫名不安起來。

「咦咦咦！什麼！津場木家！」

我邊大口咬著雞肉，邊將剛剛跟組長的對話內容告訴大家後，在場所有人都失聲大喊。

「是那個津場木家嗎？那個連哭泣的妖怪都會嚇到不敢哭的退魔師名門津場木家嗎？夫人，為什麼要特地去自投羅網呢？」

阿熊率先發難。

「這是怎麼回事！至今有多少妖怪葬送在那些惡魔手中呀！太恐怖了……南無阿彌陀佛，南無阿彌陀佛。」

阿虎驚恐到開始念佛號。

「真紀，不要去！津場木家雖然也是我的顧客，但在各方面真的都是不好應付的一個家族，更何況妳原本就已經被各地的退魔師世家盯上了。」

「哦，阿水，有這回事嗎？」

「有！還有客人曾經跟我打探消息，問我茨木童子的轉世是個怎樣的人，希望我賣他們一些情報。當然每次我都會恐嚇他們『不想死就給我滾出台東區』……而津場木家那些人，誰知道他們腦袋裡在打什麼主意。」

明明是自己的熟客，卻連阿水也反對我去津場木家。

我也不是不懂他們在擔心什麼。在場每個人，許久以前都曾因古老時代的那群退魔師吃盡苦頭，連深愛的國度都慘遭滅亡。

「不過，在京都時是津場木茜出手幫了我和馨一把，讓我們在關鍵時刻不至於分離。就算他是個人類，還是個理應憎恨的退魔師，這個事實也不會改變，所以於情於理都應該去道個謝。」

「……是呀，當時如果不是有他在，後來我們也沒辦法跟彼此確認很重要的事。」

馨的想法與我一致，但前眷屬們仍舊是一臉憂心忡忡，只有由理說「沒什麼不好呀」，率先表示贊同。

「而且真紀和馨會這麼感激一個人，也是相當難得的事。」

「等一下，由理，你那是什麼意思啦？」

「簡直像在繞圈子罵我們不懂感恩一樣。」

「不是，我是指就退魔師這種最該憎恨的人類而言啦。去了解原本認定是敵人的人類，設法彼此理解，這是很重要的事情，會成為改變未來的關鍵契機……的選項之一。」

改變未來的選項之一。

不知為何，由理的這句話深深擊中我的內心。

「……過去你的存在正是如此呢。」

如馨所言，過去的鵺以人類身分活著，也深受眾人仰慕。

即使在我們之中，他也肯定是最愛人類的妖怪。

雖然身為妖怪，內心卻一直希望如果能投胎轉世，下輩子一定要當人類。

由理，沒錯吧？

「話說回來，我是比較擔心自己身為你們好友的這個地位，該不會被那個叫津場木茜的退魔師搶走吧。」

「啊，那是不可能的。」

「而且那傢伙才沒你這麼沉穩。」

由理的目光十分柔和篤實，令人不禁想問：「你真的有在擔心那種事嗎？」眼前的他完全是平常的模樣，讓我不禁覺得剛剛那個令人背脊結凍的瞬間，像假的一樣。

他究竟在想些什麼？

眷屬們聽了，也只能無奈應和「既然鵺大人這麼說了……」，不情願地接受由理的意見。

幾天後。

儘管是除夕前一天的繁忙時期，我跟馨還是出門去拜訪津場木家。

我們買了淺草名店「舟和」的彩色豆沙丸子當伴手禮，搭電車前往。目的地是組長告訴我們的津場木本家所在地，琦玉縣的小江戶「川越」。

「說到川越，雖然常常在電視特輯上看到，但倒是第一次去耶。」

「啊啊，不如順便去看一下當地的象徵『時之鐘』再回家。」

「小麻糬已經託給阿水照顧了，土產就買一些零食回去吧～我曾聽說川越有賣巨大的麩製點心。」

明明才剛去江之島約會，這下又要跑去琦玉的川越。

川越以成排舊式藏造（註1）建築構成的復古街景、日式點心店街道、還有「時之鐘」聞名，是被譽為「小江戶」的觀光景點。

最近接二連三跑去知名觀光景點耶。話說回來，我們居住的淺草也是超級熱門的觀光聖地，好像沒差啦。

只是實際抵達後，還是不由得因為當地的氛圍而訝異。

小江戶川越兼備了獨特的街道景色，以及做為一個觀光景點該有的特色。

「喔喔～這裡跟淺草和京都的感覺又有些不一樣。」

「藏造建築的穩重氣息相當迷人耶。藏造原本是一種倉庫的建築樣式，但這附近的民家和商店也全都是藏造建築，真紀，妳曉得這是什麼原因嗎？」

「完全不知道，馨，快跟我說。」

「川越的藏造是土藏的耐火建築。明治時代的那場『川越大火』，讓川越的民家蒙受極大損害，但當時只有藏造建築平安無事。因此，整個鄉鎮的防火意識大大提升，生意人們無一例外地全都蓋起藏造的房屋與店面。」

「哦，這滿有意思的耶。你真的很喜歡這些建築背後的知識。」

「呵呵，了解各種建築樣式和背景知識，就能在建造狹間時派上用場呀。」

說的也是，畢竟狹間就等同於搭建一個小規模的街區。

而且，就連過去做為「狹間之國」象徵的鐵之御殿，也是他自己設計建造的。

馨將來會找個能發揮這種專長的職業嗎？

「真羨慕你，馨，我也想要這種專長。」

註1：日本傳統建築樣式之一，梁柱以木頭為材，外牆為土壁，表面再上漆。經常做為倉庫保存稻米和酒類，有防火、防濕、防盜的功能，有些則會兼作店鋪。

「什麼呀，妳突然說什麼？」

「未來的出路呀。我會當你老婆這個身分算是確定了，可現，在是女人也要出門工作的時代，我也得找到某個值得努力的方向才行，還必須認真考慮是不是要讀大學。」

「……也是，畢竟我們就快要高三了。」

我們居然在這種場合討論起未來的出路。

「啊，時之鐘。」

不過猛一抬頭，就望見川越的象徵「時之鐘」，話題立刻轉向。那是一座風情獨特的古老鐘樓。

「從組長給的地圖來看，我們走到川越城本丸御殿和三芳野神社後面的某條路，就會有車子來接我們。」

我們邊確認前進方向，邊穿過三芳野神社旁邊。

「通過吧～通過吧～」

不知從何處傳來熟悉的童謠聲，是小朋友在唱歌嗎？

我們走到指定的那條路上後，立刻有車子靠過來，對我們說「請上車」。車子上頭有津場木家的家紋。

總覺得有些詭異……但這種時候就要大膽地坐進去。

司機說自己是津場木家的家僕。我們也沒多問，只是放鬆心情被載走。

過一會兒，車子駛進遼闊的恬靜田野，爬上小山丘的坡道，抵達有外牆環繞的氣派日式宅邸。這裡似乎就是津場木本家。

「很驚人耶，這個結界的數量簡直像在警告『禁止進入』。」

「嗯，我們也已經在監視之下了呢。」

正門相當巨大。還沒進門，就已經能感受到注視的目光。

雖然環顧四周並沒見到半個人影。

「走囉。」

「嗯。」

我們用力吞下一大口口水，按下裝設在氣派大門旁的門鈴。

沒人應聲，但片刻之後門就自動打開。

同時，我感覺到包圍著這一帶的結界，有一部分敞開了。

這是在說「請往前走」嗎？我們從那扇門走進去，爬上石階。

踏在石階上的每一步，都令人感到無比沉重，是因為對方在戒備著我們嗎？對於從上方排山倒海而來、不可思議的靈壓，我跟馨都沒多說什麼。

爬完石階後，前方又有一道繪著家紋的門扉。

我們走到它前方站定，門就又從另一側自己打開了。

那扇門的另一頭，站著津場木茜。

他身穿和服，整個人的氣質與平日打扮完全不同。

雖然仍是那張臭臉，不過一穿上正式裝束，看起來就有名門少爺的風範，頓時令人改觀。

「喂，你們來我家幹嘛啦。像你們這種傢伙，一踏進我家領地就被大卸八塊也不奇怪喔！」

「你倒是精神滿好的嘛。」

「好久不見。虧我們以為你會很沮喪，還特地來安慰你。」

「喂，你們一點都不怕喔！」

津場木茜的口頭威脅，根本像是在打招呼。

他輪流看向我們兩人，態度冷淡地說「算了，跟我來」，踩著穿慣的木屐喀啦喀啦地往前走。

這間屋子的庭園裡，開著形形色色的山茶花。

「這座庭園的山茶花很漂亮耶。不過離山茶花的花季不是還很久嗎？竟然如此盛開。」

「哈，我們家的山茶花都很早開，而且會開很久。這是我家結界造成的無聊效果之一。」

「哦，聽起來是相當不錯的結界嘛。」

「中庭裡還有更大棵的山茶花，聽說是由於它負責守護結界，才造成這種現象。」

津場木茜出乎意料地向我們周到說明，但我仍是非常在意從主屋感覺到的那些視線。

「話說回來，到處都有式神在看我們耶。」

「……妳果然有發現呀。」

「你的式神是哪一隻？平常沒感覺到你帶著式神呀。」

「我才沒有專屬式神咧。雖然家裡的人一直催我趕快開始使喚式神，囉嗦得要命，但你們不覺得驅使妖怪這種事早就落伍了嗎？不管來者何人，我都要憑自己的力量制伏對方。」

「哦～你滿奇怪的耶。」

「只要討厭妖怪到彆扭的程度，就算身為退魔師也會變成這副德性嗎？但這一點我倒是不討厭呢。」

「……」

津場木茜說，津場木家裡住著各式各樣的式神，像是長年服侍這個家的，或歷代新娘嫁進來時身為隨從一起跟過來的式神等。

在這個家裡沒有驅使式神的，似乎只有津場木茜一人……

「歡迎～～酒吞童子大人與茨木童子大人駕～～到～～喵喵，咯呵呵。」

我們一踏進氣派的主屋，就遇上一個奇特的式神。

她是個身穿漆黑和服，一頭柿子色秀髮，擁有貓嘴和貓耳朵的年幼少女，手裡咚咚地敲著太鼓，迎接我們的到來，而我們兩人則是傻愣在原地。

「喂，小町！我不是叫妳不要跑出來嗎！」

「我沒必要聽茜少爺的命令，畢竟我是老爺的式神。」

「嘖，走開啦。」

名為小町的式神聽了，搖身一變成了一隻擁有兩條尾巴的三毛貓，輕巧躍過津場木茜後背，停在我的肩頭上。

「妳就是葵姬？哦～跟我的想像不同，就是個普通高中女生嘛。我還以為妳會長得更凶惡一點咧～」

接著又跳到馨的頭上，

「這位倒是個好男人。雖然還是個小朋友，但將來大有可為，小町要舔你的額頭。」

「啊啊，住手，會刺刺的，搞什麼呀妳這隻貓又！」

馨雙手拿著伴手禮無力反擊，我代替他抓起貓又的後頸。

「妳想做什麼，這隻小偷貓。馨是我的，不准妳擅自舔他，連我都還沒這樣做過耶。」

「呵呵，明明原本是夫妻，沒想到現在走柏拉圖路線呀～小町真是大吃一驚。」

我狠狠瞪她一眼，那隻叫小町的貓又立刻縮起身子，吐舌頭裝無辜。

「小町，過來。他們可是重要的客人，妳要好好跟人家打招呼。」

此時，從連接玄關的走廊傳來另一道聲音。

一位戴著眼鏡的瘦削中年男子朝這裡走過來，在玄關前低頭致意。

「歡迎你們遠道而來，我是茜的爸爸，名叫津場木咲馬。」

我們兩個也一一報上姓名，迅速鞠躬回禮。

沒想到這個不良兒子的爸爸倒是個普通人。

「那個，這是我們的一點小心意。」

接著，馨將我們帶來的伴手禮遞給咲馬先生。

「你們真是太多禮了。真沒想到我這輩子，居然能從那位酒吞童子大人手中接過伴手禮。」

「不……我們已經轉世，現在是普通人類。真紀她也一樣。」

馨的反應帶著戒備，再度強調我們的「人類身分」。

「你不用那樣戒備，我明白的，你們兩個是人類，而且跟茜似乎感情還不錯。」

「誰跟他們感情不錯呀，沒這回事。哼！」

「唉，我這個兒子個性就是這麼彆扭。從你們眼裡來看，茜肯定像個長不大的小孩吧。那麼，請進，我們家的當家津場木巴郎稍後也會過來。」

咲馬先生讓我們進到屋內。

他那句「請進」似乎是解開結界的指令，剛剛原本像醃醬菜大石般沉重壓在身上的靈壓，轉瞬間消失得無影無蹤，我們頓時感到身輕如燕。

「不好意思耶，在這個家裡，一直到踏進玄關為止都有一股強大壓迫感對吧？」

津場木茜態度雖然冷淡，但仍有留心關照我們的情況。

「是為了阻止妖怪入侵嗎？」

「一方面是，另一方面我們家在同業裡也有不少敵人。最近有不少受人類指示而試圖非法入侵的式神，我們都快要搞不清楚究竟是在和誰戰鬥了。」

每在古老宅邸的走廊踏下一步，地板都會嘎吱作響。

我們被帶到一間和室，從那裡可以看見錦鯉在水池中悠游，還有冬季裡嬌豔綻放的紅、白色山茶花。

咲馬先生離開房間去請當家過來，津場木茜則在我們對面盤腿坐下。

「所以，是怎樣啦？你們特地跑來我家，是要來笑我被罰閉門思過嗎？」

「不是那樣，我們是來跟你道謝的。」

「啊啊啊？你們要跟我道謝？」

津場木茜一副丈二金剛摸不著頭腦的神情。馨接著說：

「你會感到困惑，我也是可以理解，但這次我們給你添了麻煩是事實。」

「後來你有沒有受傷？沒有什麼地方會痛吧？」

「沒啦。什麼呀，妳那什麼關心法？我又不是小朋友！」

我們這麼擔心他，結果津場木茜又抓狂地大聲嚷嚷，還用力捶打面前的和室矮桌。

不過他漸漸冷靜下來，將手肘抵在矮桌上，開始說明情況。

「小事一樁而已……那是我自己決定要做的，你們根本不需要道謝。雖然我現在被罰閉門思過，但那也只是表面上的懲處，等過完年我就可以復工了。反倒賺到好幾天休假，超幸運的咧。哼。」

他說話時臉別向旁邊，或許是不好意思吧，畢竟他的耳朵都紅了。

「呵呵，但我還是要再說一次，津場木茜，謝謝你。都是託你的福，我才能和水屑對戰，還能在最後跟馨一起重溫大江山的雲海；也能對自己長年說謊隱瞞這件事，向他道歉。如果當時錯過那個機會，搞不好我們現在就沒辦法像這樣仍舊待在彼此身邊。」

馨也接著我的話說道：

「我們前世是大妖怪酒吞童子和茨木童子，並在保有前世記憶和力量的狀態下轉生為人類。雖然我們原本是一對夫妻，但彼此死亡的地點，還有死去的時代都不同。因為這樣，彼此仍有許多對方不曉得的事情存在。我們當時剛好因為這件事起了爭執，是你替我們創造和好的機會。雖然你可能搞不清楚我到底在說些什麼吧……但我很感謝你。」

津場木茜果然大大歪著頭，一臉「聽不懂你在講什麼」的表情。

那是理所當然的。不過他似乎也領悟了什麼，低聲回一句「這樣呀」。

「欸，為什麼當時你要幫我們逃走呢？」

「妳問我為什麼，那個……」津場木茜再次轉向我們，但視線仍飄向一旁，「我也不曉得，就是一種直覺。當時我還不曉得酒吞童子和茨木童子過去是夫妻，不過一旦知道這件事，再回想你們至今的舉止……」

「……嗯？」

「我當時的判斷是，拆開你們兩人是相對危險的。沒錯吧？酒吞童子的首級在那裡，而茨木真紀一看到就哭個不停……我就想說：啊啊，是這樣呀……你們一直與對方分隔兩地呀……那時，身上的鬚切震顫不已，我就懂了……在遙遠過往，茨木童子之所以要復仇的理由。」

津場木茜說到這裡突然打住，陷入沉默。

而我們也驚訝得說不出話，完全沒想到他會這樣回答。

沒有幾個人類會講出這種話。

特別是我們認定為仇敵的退魔師。

馨輕輕瞄了我一眼。

大概是因為他從津場木茜口中聽到，我看見酒吞童子首級那一幕的情況吧。

津場木茜內心不曉得在掙扎什麼，一直搔著頭髮。

「唉，受不了，總之，事情就是這樣啦！那時我只是看不過那些陰陽局的傢伙想妨礙你們，就站在相反立場出聲反對而已。那些人我原本就看不太順眼。只要我反對，他們多少還是會忌憚，畢竟津場木家可是傲視東日本、最強的退魔師一族！」

「哦，滿厲害的嘛。」

「既然說是東日本最強的退魔師一族，那表示西日本也有其他最強的家族囉？」

「你的重點怎麼會放在那裡啦，喂！」

津場木茜又失控地捶打桌面。

但他接著還是好好回答了馨的問題。

「真受不了。好喔，我就告訴你們。在西邊勢力龐大的退魔師一族是土御門家和源家。土御門家是前陰陽頭的一族，往回能追溯到安倍晴明的血脈，在退魔師中是特化為陰陽師的一族。源家就不用多說了吧，是武力特別強大的退魔師一族。跟你們兩個的牽扯也很深不是嗎？」

「是啦，特別是源賴光。」

「光是想起他，我就全身不舒服。」

「歷史上的源家分支為眾多流派，有些已經消失了，但身為退魔師一族的源家目前仍然健在，可以說是現在京都力量最龐大的一族，不過也是我最討厭的家族。」

「……哦，你在人類的退魔師之中，也有討厭的對象呀。」

「廢話。退魔師根本都是些討人厭的傢伙，能讓我尊敬的只有青桐一個人。」

聞言，馨突然順勢詢問青桐的事。

「欸，青桐是出身名門吧？看起來相當厲害呢。」

「果然看得出來嗎？呵呵，青桐出自土御門家，但他反對家裡的行事作風就離家出走，現在是冠媽媽那邊的姓。雖然他外表看起來溫和沉穩，不過其實是個超有搖滾精神的人喔。」

「……搖滾精神？」

「他根本是個天才，竟然能夠驅使『光陰刻度操控術』這種特殊術法！」

算了，搖滾精神這幾個字我們就先擺到一邊。

津場木茜非常崇拜青桐，這點倒是一清二楚。他雙眼如少年般閃閃發亮地講個沒完，簡直像在說自己的事。

就連厭惡人類的狼人魯也很仰慕青桐，想必他是個擁有領袖魅力的人類。
這麼說來，魯好像曾說過，各方人馬都想要青桐的命。
那跟現在聽到的資訊也有關嗎？
「那麼……那個人呢？叶老師。」
「……啊？啊啊，叶呀。那個人……是特殊分子，而且根本是個謎。」
津場木茜手抵著下巴，微微側頭，語調慎重地說。
大概就連他也還不太清楚叶老師的底細。
「擁有那麼強大的力量，卻又不是出身名門。他是從京都總本部被派來我們這邊的，實際上卻擅自在外頭晃來晃去。聽說那個人是突然冒出來的，有一段時間都待在京都總本部進行某種研究，但現在將那個研究工作告一段落，待在這邊……青桐曾說過，他應該是有什麼特殊目的才會四處跑來跑去。那個目的是什麼，我是完全沒有半點頭緒，畢竟那個人是……」
「安倍晴明的轉世？」
「咦！你們果然也曉得啦！」
「當然……我們怎麼可能沒發現，看一眼就馬上知道了。」
津場木茜大概發覺我跟馨的神情有異，好一會兒只是沉默看著我們，接著說：
「這件事別告訴其他人喔。在某種意義上，他可是比你們更危險的傢伙。京都總本部高層也希望叶能回去，最近相當拚命。他們怕安倍晴明轉世這個對我們極具影響力的人才，會讓東京總部搶走，接下來搞不好會做些離譜的事。」

「啊？什麼呀？有才華的陰陽師爭奪戰嗎？那傢伙這麼受歡迎喔？但不管多麼厲害的傢伙追捕他，那傢伙都能輕輕鬆鬆蒙騙對方，一溜煙逃走喔。」

「是呀，那傢伙在過去可是被稱為『落跑晴明』喔。」

津場木茜原本撐著臉頰的手臂突然乏力，傻眼地說：

「真搞不懂你們到底是恨安倍晴明還是信任他耶。」

聽他這麼一說，我想我們對那個男人的情感應該是兩者兼具吧。他擁有令人憎恨的強大實力，正因為太清楚這一點……

「唔！」

這時，檐廊那側以外的三邊拉門，突然同時被用力拉開，我們嚇了一大跳。

「惡名昭彰的大妖怪。」

「你們覺悟吧！」

罩著木雕貓面具的頑強式神，從三個不同方向分別持著刀或靈符躍過來。

怎麼會這樣！他們想要我們的命？

「唔喔喔喔！」

我和馨立刻掀翻矮桌，動如脫兔地衝到庭園中，將錦鯉悠游的水池中石頭當作踏腳石，跳到水池另一頭擺好架式，進入備戰狀態。

我們兩個真是配合得天衣無縫耶……啊，現在不是想這種事的時候！

剛剛我們還在那兒輕鬆談天的和室，現在正飄出團團白煙。

「來了！」

果然，三隻式神從白煙中直直飛過來，有大、中、小三種身形。最小的想必就是剛剛在玄關前遇上的小町。

「真紀！陣式Ａ，庭園模式，有水池！」

「了解，馨！」

但我們也是有備而來，事先預測了多種情況，仔細沙盤推演過。

馨雙手擺出打排球的下手姿勢，我則踩上他的手當作墊腳石，高高躍向空中。

接著掏出染血橡實爆彈握在手中，瞄準那三個打算攻擊馨所以正好集中於一處的式神們，從水池上方狠狠擲出橡實。

爆炸規模相當劇烈，導致池水飛濺至空中。

馨施展神通之眼，準確預測飛散水沫的動向，啪一聲雙手合掌。

「連結！」

才兩個字就讓水沫化成繩索狀的結界，再利用四周的樹幹和樹枝，將那三隻式神綁緊吊起來。

「咕唔！」

戴著貓面具的式神們肯定是受過嚴格訓練的精銳，但在我們面前，只不過是幾隻可愛的小貓咪罷了。

「……啊，會掉進去。」

「啊啊！」

但我大獲全勝的得意神色只保持了一瞬間，立刻直直朝水池掉下去。

馨跳過來想要抱我回陸上，結果卻一起摔進寒冬裡的水池，兩人都渾身濕透。

喀喀喀喀喀喀。好冷好冷，我快冷死了。

「哎呀，哈哈哈，好一個合作無間，正是那對大妖怪曾為夫婦的證據。想要取下鬼的首級，卻讓庭院裡的山茶花掉得一場糊塗呢。」

我們回過神來，發現檐廊上站著一位老人。

在這種寒冷天氣中，他搖著扇子搧風，發出愉快笑聲。

我從水中爬起身，試圖擰乾頭髮。

「就是你安排這場鬧劇的嗎？」

我聲音裡透著幾分諷刺，直截了當地詢問。

「妳跟傳聞一樣，是位相當有魄力的小姐呢。既然是茨木童子的轉世，這也是理所當然吧。失敬失敬，這麼晚才自我介紹，我是津場木家的當家，津場木巴郎。我想比起被對手在暗地裡打量，這種款待方式應該更有驚喜，對你們來說也更有意思吧。」

「你是說讓善良的學生泡在水裡冷到發抖是種款待嗎？」
「我們可是摔進水池裡，變成像那些散發腥臭味的手鞠河童一樣耶。」
「啊哈哈哈，別擔心，我們家裡有溫泉！」
那個老人露出親切和藹的笑容，豎起大拇指。
「歡迎來到津場木家，兩位前大妖怪，很高興見到你們喔，何況你們還是茜的好朋友。啊，待會兒幫我簽個名，我要裝飾在家裡的神壇上。」
「……」
我們兩個愣在水池正中央，而津場木茜這時以搞笑藝人的氣勢，大聲吐嘈自己的爺爺：
「哼，誰跟他們是朋友呀！是說，你要什麼簽名啦！」

「……呼。」
雖然剛剛受到的款待方式非常粗暴，但溫泉真是舒服。
居然連男女分開的露天溫泉都有，不愧是名門望族。宅邸也很大，好像有很多房間，過去門下可能有許多學徒住在這裡吧。
我從溫泉起身，穿上他們事先準備好的華美和服來到走廊上，結果看見小町在對面洗衣房裡，勤奮地搓洗濕透的衣服，便出聲喚她。

「謝謝，濕衣服有點臭吧？」

「嗯？啊，茨木童子大人。沒關係的，小町很擅長洗衣服。」

小町露齒一笑，伸手比一下自己。

雖然剛剛發生了各種不愉快，但她其實是位悠然自得、討人喜歡的貓娘。

不管是初碰面時的情況，還是方才把她吊在庭園水池半空中，這些事她似乎都沒放在心上。

「我帶了妖怪喜歡的淺草茶點當伴手禮，妳要多吃點喔。」

「我早就偷吃啦。不能告訴老爺喔。小町超愛彩色豆沙丸子。」

「動作真快。妳從什麼時候開始在這裡當式神的呢？」

「很久很久以前，川越城還有主公殿下在的時候起。」

「哦，妳外表是個小女孩，但其實是位經驗豐富的老練式神耶。」

「呵呵，小町雖然外貌長不大，但可是在歷代津場木本家地位都十分穩固的家貓，是會替家裡招來福氣的貓式神喔。喵喵，咯呵呵。」

她的笑聲十分奇特，但這一點也很像妖怪。

我伸手輕撫她的下巴，她的喉嚨發出呼嚕呼嚕的聲音，眼睛瞇成一條細縫，那表情真可愛。

「喂，真紀，妳在那邊做什麼？」

「啊，馨也泡好了嗎？很舒服對吧？」

「啊啊，不小心就泡太久了……裡面光線充足，風景又漂亮。」

我就曉得他會這樣。馨最喜歡泡澡，那張臉顯得心滿意足。

但他一看見我剛泡完澡的模樣，臉色立刻顯得不悅。

「喂，真紀，妳頭髮要再吹乾一點啦，現在是冬天耶，妳會感冒。」

我用掛在肩膀上的毛巾，粗魯擦去頭髮上的水珠。

馨老是這麼囉嗦……

「小町去拿鬼火給妳吧？還是妳自己可以生出鬼火來？」

「嗯……現在已經沒辦法變出鬼火啦，這還是要真正的鬼才有辦法。」

「妳等一下，小町立刻去抓一顆來。」

我還來不及說出「只要借我一台吹風機就好」，小町已經變為貓咪姿態，一溜煙消失在走廊上。不過，我後來發現天花板飄盪著鬼火，就伸手一把抓住，用來烘乾頭髮。在這種家裡，肯定會飄盪著這類東西呢……

「真紀，走囉，畢竟他們家的人都在等我們。」

「嗯。」

我跟馨一起踏上寬敞的檐廊。

屋子外圍的長長檐廊雖然因為比較寬，略顯昏暗，但能清楚看見中庭的景色。

話說回來，這棟宅邸真的好大，擁有一股跟由理家不同的風情和歷史，醞釀出神祕又沉重的氣息。

沿著那條檐廊緩緩往前走，不知從何處傳來了童謠歌聲。

通過吧，通過吧。
這是通往何處的小徑呢？
是通往天神的小徑呢！
可以讓我通過嗎？
沒有正當理由的人不能通過。
為了慶祝這孩子將滿七歲，
我準備了謝禮前去參拜。
去程輕易，回程可怕。
可怕歸可怕，
還是通過吧，通過吧。

「又是這首童謠。這是不讓我們離開這個家的意思嗎？」
「不，是那傢伙在唱歌。」
我們正好走到敞開的窗戶旁，便停下腳步。馨伸手指向中庭。
那兒有棵需要抬頭仰望的巨大山茶花樹，樹上坐著一個孩童樣貌的精靈。

樹根附近有幾座古老祠堂。可想而知，這棵樹正是這一家的守護神。

「……樹木精靈。」

那個孩童望向我們，輕笑起來，又開始吟唱同一首童謠。

在萬籟俱寂的寒冷冬季天空下。

只有那個歌聲響遍庭院，留住我們的腳步。

「喂，你們在幹嘛？泡好澡還不趕快來這——」

津場木茜來叫我們過去，但他看我們只是沉默凝視中庭裡的樹木精靈，似乎察覺有些不對勁。

「怎麼了？」

「……沒事，山茶花精靈真可愛呢。」

「啊啊，那傢伙叫『幻真山茶』，聽說以前是種在川越城裡，那座因為那首『童謠』起源地而聞名的三芳野神社境內。原本只是一小株山茶花。不過，當時的武家認為山茶花不吉祥。因為花朵驀地掉落的模樣，看起就像首級遭砍落一般。」

「……首級遭砍落……」

聽了不禁令人打起寒顫。

我們兩個想起過往創傷，忍不住輕輕發抖，但津場木茜毫無顧忌地繼續說：

「中間發生了很多事，結果，因為已經有精靈寄宿在上頭，最後是由長居在這塊土地的津場木家收留了那棵山茶花。那棵樹是我們家所有結界的管理中樞，土裡盤繞的樹根從地脈吸取靈力，讓它成為開展結界的起點。」

「……也就是守護神吧？」

「算是啦……你們怎麼了？從剛剛開始就一直有點魂不守舍。」

「沒事。我們以前也有個夥伴是樹木精靈，藤樹的精靈。」

「藤樹的精靈？」

「……是個可靠的傢伙喔，一直守護我們的國度。」

津場木茜聽了我和馨的話，露出疑惑的神情，不知為何一直抬頭盯著天花板。

「……」

——通過吧，通過吧。

我聆聽著那首童謠，下意識地握緊身旁馨的手。

馨也靜靜地、緊緊地回握我。

不讓任何人發現，內心的那股思念。

只有我們兩個能了解彼此，關於那令人懷念的好夥伴的記憶。

「喵～～喵～～」

「哦？」

不知不覺中，貓兒們聚集在腳邊。叼著鬼火的三毛貓小町也在其中，還有一隻棕色大型虎斑貓，跟一隻略為纖瘦的白貓。

「他們就是剛剛襲擊你們的式神。」

聽了津場木茜的話，馨跟我都「啊」一聲驚呼。

「聽你一說，的確是有像呢。」

「津場木家是貓咪妖怪的樂園呀。」

轟一聲，三隻貓紛紛化為人類樣貌。

大隻的棕色虎斑貓變成一位精悍的短髮青年。

纖瘦白貓則成了一位優雅的白髮女性。

「我叫厚虎。」

「我是笹雪。」

「──請原諒我們方才的無禮行徑。──」

接著，兩人同時深深鞠躬。這些式神受過良好教養，禮數十分周到。

「你們不需要低頭道歉喔，式神不能違抗主人的命令吧？」

「反倒是剛剛把你們綁起來，真不好意思，而且這傢伙還丟了染血橡實爆彈。」

「你們沒有受傷吧？還好嗎？」

我們出聲關切後，貓兒們神態扭捏地向我們遞出一樣物品，是塊正方形的簽名板。

「那個，可以請你們簽名嗎？」

「啊？簽名？」

「酒吞童子大人和茨木童子大人對妖怪來說可是大英雄，是傳說呀。」

我跟馨下意識地朝津場木茜望去。剛剛他爺爺也跟我們要簽名時，他可是憤慨得要命。

「隨便啦，是他們自己說想要的，我沒意見。反正簽個名又不會少塊肉，你們就幫他們簽一下呀。」

沒想到居然會被退魔師的式神請求簽名。

於是，我跟馨一張張簽給他們，不過也只是在上頭寫下名字而已。

光是這樣，貓兒們就喜不自勝地將簽名板抱在胸前，靜靜離去。

原本我們是想一談完話就馬上回家，可是津場木家眾人叫我們務必多待一會兒，所以我們就留下來吃晚餐。

喔喔喔，居然是螃蟹火鍋！而且是新鮮松葉蟹！

這可是我們家吃不到的豪華菜色。

我不禁伸手拉了拉身旁馨的和服袖子。

「啊～馨，你看你看，是螃蟹耶，讓人想起丹後的螃蟹呢。」

「現在是人家招待，妳可不要像吸塵器一樣一口氣吃光光喔。妳吃螃蟹的速度實在太恐怖了。」

「哎呀，你看起來也很高興呀，只是還不到可以喝酒的法定年齡，真可憐耶。」

「別說了，不要對學生說這種話。」

津場木茜的爸爸咲馬先生，原本一直忙著準備火鍋料，馨跟我開始鬥嘴後，他也興味盎然地從旁插話：

「酒吞童子果然如傳聞和名號一般愛喝酒嗎？」

「嗯，算是……但也成了最後關頭的致命傷就是了。」

「對嘛，都是你一直喝酒害的啦。」

「所以我現在都乖乖喝可樂忍耐不是嗎！」

聽著我們兩人拌嘴，津場木家的當家巴郎先生「哇哈哈」地縱聲大笑。

「真不可思議呢。外表看起來就是高中生，但兩位之間的氣氛果然像長年一塊兒生活的夫婦。我可沒見過這種高中生。」

「真是這樣呢。所以我們也不太清楚該怎麼描述現在的關係。」

「的確是跟情侶或未婚夫妻又不太一樣。啊，順帶一提，我從小就有個長輩許配的未婚妻，後來也是跟她結婚。」

當家巴郎先生已經喝起酒來，還簡單提及自己的私事，身為一個退魔師這是十分少見的舉動。他還說退魔師一門的繼承人，未婚妻經常由長輩擅自決定，青春期的初戀多半無法開花結果，所以當時曾經墮落了一陣子等過往回憶。

「爸，我倒是戀愛結婚的，只不過是和陰陽局的同事。茜也差不多該有背負津場木家未來的自覺了，爸爸希望你去找個力量強大的新娘……」

「對呀，沒看到孫子之前，我是不會死的。」

「啊、啊啊？爸爸、爺爺，你們在胡說什麼啦，我還只是個高中生耶！」

津場木茜雙頰通紅，原本他正在喝柳橙汁，現在卻猛然將玻璃杯放上矮桌。

這完全是一個青春期少年會有的反應。

「對津場木家來說，果然必須找靈力高強的新娘嗎？」

由長輩許配未婚妻，或者跟陰陽局的同事結婚，代表對方都不是一般人。

退魔師一門為了要維持靈力水準，繼承人必須跟靈力強大的女性結婚。我曾經聽說在這個圈子裡，男性找不到適合老婆的問題相當嚴重。

「你們會覺得古板對吧？但如果不這麼做，退魔師一門就會漸漸式微。以前曾經存在更多退魔師家族和流派，但其中有許多都因為難以維持子孫的靈力強度而逐漸消失喔。」

「特別現在這個時代，靈力難以寄宿在女性身上。只要一有靈力稍強的女孩出生，就會收到四面八方『請成為我兒子的未婚妻』的提親。」

「我們家姊姊當時就是這種情況呢。」

哦，原來津場木茜有姊姊呀。新資訊。

「那個……這問題有點難以啟齒，但津場木家的女性們去哪裡了呢？」

「……」

聽到馨的問題，津場木家的所有人都僵在原地。

他們僵硬地停下動作，臉色發青。其實打從一開始，我就覺得很奇怪怎麼都沒看到這個家裡的女性出現，難道是有什麼跟妖怪相關的因素，已經不在世上……

「不在喔。不在這個家。她們不會回來的。」

咲馬先生像洩了氣的皮球般無精打采地說道。馨手足無措起來。

「對、對不起，果然是發生了什麼事……」

「不，不是那樣。」

巴郎先生握緊手中的蟹肉挖杓。

「我太太，還有咲馬的老婆明菜，跟茜的姊姊桃香，三個女人一起去夏威夷玩了。過年前都不會回來……」

他從短外褂內側掏出手機，將正在度假的三代女性開心比「ＹＡ」的照片拿給我們看。我跟馨看了差點沒昏倒。

這是什麼情況呀？退魔師一族的女性們，在這個年底的繁忙時期也太過自由了吧！

「是說，津場木茜，既然被罰在家，你不如也一起去夏威夷就好啦？」

「絕對不要。你是因為不曉得那些女人多有活力，還有那種花錢不眨眼的行徑，才會說這種話。她們肯定會買名牌包和保養品買到天荒地老，然後全部都推給我提！」

哦，他想必是親身經歷過這種慘況。

但是他們家似乎比我原先想像的更加自由有趣，還以為會是嚴格拘謹的一族呢。

剛剛忙著講話，我現在才終於有機會來涮螃蟹。

碩大彈牙的蟹肉，我一口就吞下去。香甜又美味，我暫時停止呼吸細細品嘗其滋味。

「嗯～太好吃了，啊～～幸福。」

「茨木真紀，雖然我原本就覺得妳這女人神經也太粗了，但沒想到妳居然能在我家講出這種話。要是我們在裡面下毒，妳該怎麼辦？」

「哎呀，說退魔師不能傷害人類的不就是你嗎？」

而且就算裡頭下了毒，對我也起不了作用。我的鮮血能夠淨化毒素。

所以我繼續大啖螃蟹。這副毫不顧忌開懷大吃的模樣，讓巴郎先生瞇細雙眼，看得頻頻點頭。

「真紀真可愛耶。在我們這個圈子，食量大的女性才受歡迎，畢竟吃東西就是最好的靈力回復方式。」

「真紀，妳一定要跟馨結婚嗎？既然前世身為夫婦，你們是已經有那種打算了嗎？不然我們家的茜也是個選項……」

馨吃螃蟹的手猛然停住。另一方面，津場木茜立刻大吼：

「住口啦啊啊啊啊！就算好對象再怎麼難找，也不能胡亂送作堆呀！這種悲劇我是絕對不會答應的。話說回來，為什麼我得跟這個怪力女扯在一起！」

他臉色極為難看地站起身。不知為何，馨也慢慢站起來。

「啊啊？你這傢伙是看真紀哪裡不順眼？真紀她呀，乍看之下是個擁有怪力又蠻橫粗暴的鬼妻沒錯，但只要習慣以後，就會越看越可愛啦！」

「啊？你幹嘛現在突然曬恩愛？」

「真紀她呀，雖然像技安一樣霸道，但也有柔弱的地方喔。像是早上如果我沒去叫她，她就起不來，或是害怕幽靈之類的！還有，說出來你別嚇到，她很重視家庭生活喔，每天我疲憊地回到家，她都會煮熱騰騰的省錢料理給我吃。」

「你是在炫耀嗎？結果你只是想炫耀自己的未婚妻有多好嗎？話說回來，你敢選擇這傢伙，實在是了不起！」

兩人吵得互不相讓的同時，還在曬恩愛或稱讚對方。

這些男生在搞什麼呀？是說，馨居然會幫我講話，還在別人面前曬恩愛，這實在太難得了，其實我心理有點高興。

「好了好了，不要再為了爭奪我而吵架。」

「「沒人在爭奪妳！」」

這兩個人真有默契。

「津場木茜，那來一決勝負呀。酒吞童子來當你的對手。」

「喔喔！樂意之至！順便把學園祭那次做個了斷。」

接下來，這兩位正值青春期的男生就為了互砍，從檐廊跳到庭院裡。

式神們拿來木刀，他們就用兩把刀打了起來。

事情怎麼會變這樣？連馨都跟著變那麼幼稚。

「啊～～為什麼男生總是這樣啦。」

「啊哈哈，男人不管幾歲，內心都住著一個少年。持刀交鋒，能夠更加了解彼此呢。」

咲馬先生沒有阻止兩人的意思。

巴郎先生也「嘿咻」一聲站起身來，走到檐廊觀戰。

「這個時代，能拿刀對打的男性友人實在不多呢……」

「不過呀，這種朋友對茜是必須的喔。」

「……」

「真紀，如果可以，希望你們今後也能跟茜當好朋友。與你們的相遇，肯定會改變茜的命運吧。」

身為主角的津場木茜，完全不曉得自己爺爺巴郎先生說了這種話，正沉醉在對打樂趣中，盡情揮舞木刀與馨交鋒。

津場木家的長輩們，慈愛地望著他專注打鬥的身影。

津場木茜雖然也有彆扭之處，但本性率直又認真，才能與實力兼備。

就是這個家族裡長年守望他的慈愛目光，將他培育得如此出色吧。
而貓又小町，早就像隻普通貓咪，在巴郎先生的大腿上縮成一團睡著了。

結果，那一天我們留宿在津場木家。
明明眷屬們千叮嚀萬囑咐要我們小心，但這裡出乎意料地舒適，我們一不小心就鬆懈了。這一點或許不太妙。
電話那一頭的阿水也像媽媽一樣叨念我：『妙齡女子不能在全都是男人的屋子裡過夜！』
不過呀，我們回不去啦。
因為他們說，明天有話要告訴我們。
希望小麻糬沒有哭著鬧脾氣……
「欸，為什麼我跟妳睡同一間？」
「現在才講這種話？他們認為這樣彼此都比較放心，特意安排的耶。」
榻榻米上鋪的是夫妻用的棉被，還有兩個枕頭。
話雖如此，其實馨在身邊，我覺得比較安心。
「馨，你就睡旁邊吧，反正我們也常這樣。」
「那個呀，妳可能感覺跟以前差不多，但是……」

「嗯？」

「不，沒事啦，快睡吧。」

我鑽進舊式被褥裡，臉露在棉被外頭，感受到古老宅邸特有的冷冽寒意。即使身旁傳來馨的溫暖體溫，但被窩還是暖和不起來，我冷到發抖。

「欸，馨，我可以再往你那邊靠近一些嗎？」

「……」

馨很傲嬌，平常總是回「不行」或是「少開玩笑了，走開」之類的話拒絕我，但今天的反應卻不同。

「嗯。」

更出乎我意料之外的是，他居然轉向這邊，將棉被拉開，騰出一個能讓我鑽過去的空間。

「馨，你怎麼了？今天特別通情達理耶。」

「什麼通情達理，我只是覺得妳大概冷到快受不了吧。好了……過來。」

——過來。

這句話讓我腦海中頓時浮現酒吞童子的身影。

我現在是身強體健沒錯，但剛嫁給酒吞童子時，可是骨瘦如柴、渾身冰涼，常常得依偎在他的懷裡睡覺。

「呵呵，喔嘿嘿。」

我莫名開心，嘴角不禁上揚，雀躍地鑽進他的雙臂之中，靜靜感受馨的溫度和強而有力的心跳聲。這是將鮮血輸送至全身，代表「生命」的聲音。

我忍不住伸手環抱他的腰，由於抱得太緊，馨出聲哀號「好痛」，但沒有多加抱怨，還幫我把棉被蓋到耳朵的位置。我放鬆手臂，減弱力道。

「會冷嗎？」

「……不會。」

我緊緊抱著的，不是因為寒冷而發抖的自己。

我緊緊抱著的，不是深愛之人遺留的那把刀。

「……那個，真紀，我可以問嗎？」

在片刻沉默之後，馨低聲發問。我回：「可以呀。」

「一點一滴也沒關係，但我想知道，妳——茨姬，在酒吞童子死後去了哪些地方？做了哪些事？遇見了誰？」

「要聊上輩子的事？」

「……不行嗎？」

「不會，只不過……並非有趣的故事喔。」

「但我連想像都沒辦法，也忘不掉。在覆滿白雪的大江山，茨姬孑然一身朝山下走去的那個背影，還有足跡。」

如悄悄話般的低語聲，輕輕傳入耳朵。

我想抬頭看馨的臉，但他像在說「別看」似地，將我的頭壓回自己胸前。

「呵呵，那個呀，發生了很多事喔。在傳聞中，茨木童子是在一条戻橋被砍斷手臂，最後死於羅生門，對吧？手臂被砍斷是事實，但後來逃到羅生門慘遭殺害的是別的鬼。當時阿水救了我，幫我治療手臂上的傷口，我才保住一條小命。」

「水連……那傢伙從來沒跟我提過這件事，一直保持沉默。」

「阿水他呀，或許看起來吊兒郎當的，但其實內在比任何人都更加成熟穩重，而且深思熟慮，總是立刻就能察覺到我的心情和想法，所以在我親口坦白之前，他也不多嘴，只是一直從旁守護著我們吧。」

「妳之所以不再收水連當眷屬的理由，就是這個？」

「嗯……阿水對我太忠心耿耿了。他對於自己創造了我化成鬼的契機這件事，一直想要贖罪。可是已經夠了，我希望他今後能自由自在地過活。阿水已經補償我夠多了，反倒是我才該向他報恩呢。」

「……」

「我傷了眷屬們的心。那道命令非常無情吧？在那種情況下，叫他們不准跟上來。對那些孩子來講，如果我叫他們跟我一起去地獄的盡頭，或是陪我一起下地獄，都要好得多吧。阿水在那之後，仍是遠遠地在各層面守護著我，打算到最後都為我效命。凜也一樣。雖然他現在很恨我，但那孩子當時也一直追在茨姬後頭。」

「凜……凜音，他真的恨茨姬嗎？」

「咦？」

「那傢伙將茨姬的真實過往告訴我。感覺他為了告訴我這件事，按部就班地採取了許多行動。為了茨姬的名譽……那傢伙……」

對於馨的想法，我只是淡淡回應：

「……可能是這樣吧。」

倒底是怎麼樣呢？現在我還沒有想要去找出答案。

我拋下那個孩子，傷了他的心，這是事實。就算我想破頭，那孩子內心深處埋藏的複雜情感，也並非能用一句話輕易表達吧？

所以下次再見到凜音時，我想要好好跟他聊一聊。

就像那孩子所希望的，以刀鋒交會。

「在眷屬裡……只有影兒真的遵守那道命令，那孩子沒有來追我。但一定都是這件事害的，明明他是個非常善良的好孩子，卻引發百鬼夜行的那場騷動。一切、一切都是我那道命令害的。不過，即使我清楚知道那會傷害到他們，我也不可能讓重要的眷屬們參與會自取滅亡的戰役，我不希望他們像我一樣變成惡妖。」

「……」

「所以呀，酒吞童子想讓茨姬活下去的心情，我也能懂。因為若是我處在相同立場，應該會做出一樣的決定吧。當時，我們眼前都沒有其他選擇了。」

馨聽到這句話，猛然將自己的臉埋進我的頭髮中。

我明白他內心的掙扎。

他很後悔當時拋下茨姬獨自死去。

可是，你是絕對做不出「兩個人一起死」這種選擇的。

你就是這樣的人。

「這輩子呀，我想要拓展最終的『選擇空間』，想要那樣的生活方式。我想，那大概是意味著要更加去認識人類吧。」

「……也是呢。當時我們是堅決避開好好面對人類的機會。我們會轉世成人類的理由，感覺上也是因為如此。」

「真巧呢，我也是這樣想的喔。最近，我覺得人類並不討厭，反倒是越來越常感到他們好厲害、好可愛。就連津場木茜也是，第一次遇到那樣的退魔師，為了我們，居然拿刀指著自己原本的夥伴。」

「嗯，雖然有時候也是滿狂妄的，但那傢伙果然很有實力。今天和他對打後，我更加確定這件事。而且……他的恩情，是絕對不能忘記的。」

「嗯，絕對不能忘記。」

我噗哧笑了出來，體會著內心對人類這種生物的感情，闔上雙眼。

我們就在彼此身旁，無比安心，於是很快就像沉入海底般沉沉睡去。

〈裡章〉茜想了解他們

搞什麼啦，那兩個傢伙。

實在是不懂耶。

隔著拉門傳來輕柔飄緲的低語聲，讓我——津場木茜——腦袋非常混亂。

我剛好經過他們房間前面時，臨時起意消除了自身氣息，側耳傾聽。結果聽到的是他們對於前世的懺悔，還有類似感謝我的話。

啊？開什麼玩笑？

他們是打算藉此拉高我的好感度嗎？

……不，他們根本沒有需要討好我的理由。

到底是怎樣啦，實在是莫名奇妙。

過一會兒傳來熟睡後的均勻呼吸聲，我想說他們睡了，便走回自己房間。

「……睡不著。」

那兩個傢伙在別人家裡睡得香甜，反倒是我睡不著。

我很在意，就是很在意那兩個人的事情。

明明都閉上眼睛了，腦海還是會浮現那個畫面。

茨木真紀在冰塚看見酒吞童子的首級後，情不自禁地朝首級伸出雙手，無聲流淚的身影。

大妖怪酒吞童子和茨木童子，原來是夫妻。

那時我才第一次曉得這個事實。

這樣一來，她望著前世老公的首級時，是什麼樣的心情呢？

而當時天酒馨又是抱著何種決心，來接茨木真紀的呢？

因為天酒馨的狹間之術，我略微窺探了遙遠千年前的狹間之國，還有那兩人往昔的模樣，跟他們的眾多夥伴。

因為這樣，才讓我開始冒出各種念頭。如果親眼看見重要的人慘遭殺害、首級被人取走，只有自己一個人活下來……

那麼，我會怎麼做？

追上去。哪怕是天涯海角。

無論對方跑去哪裡，無論那是天堂或地獄，即便是世界的盡頭……
都要殺掉憎恨的那個人。

○

『找到你了，渡邊綱。我要殺了你，殺了你！』

誰？
悲憤而憎恨的女性聲音傳來。
白霧瀰漫，四周昏暗，充滿詭異的瘴癘之氣。
我在橋上嗎？有一股明明應該不曾聞過，卻令人感到懷念的香氣，讓我猛然抬起臉來。
輕盈飄然。掠過眼前的是，鮮紅色的長髮。
那兒，站著一個手持大刀的鬼女。
鬼女揮舞那把刀朝「我」砍來，我架起自己的刀擋住攻擊。
真的是拚了老命。
為了別死在這個鬼手上，我集中全副精神，閃躲她靈巧的攻擊，然後，斬斷那個鬼女的手臂。

鬼女伸手按住斷臂的傷口，表情因痛苦而扭曲。
但最讓我震懾的是，她臉上滾落大顆淚珠，哭了起來。
深切的悲傷、孤獨、憎恨……
犧牲所有幸福換取的那個東西，侵蝕了自己的身體。
那道身影太令人心痛，那份遺憾太過沉重，我不禁遲疑了，沒有立刻給她致命一擊。
因此讓那鬼女跑了。逃走時，她只帶了刀。

那個紅頭髮的鬼女……
雖然多少有些不同，但那張臉，很像茨木真紀。

○

「……」
我呼吸紊亂地驚醒，伸手撫著胸口，內心震盪不已。
我從小時候起，就作過好幾次這種奇怪的夢。
這個夢像詛咒般引誘我，向我訴說著什麼。
「……嘖。」

我從被窩中跳起來，奔到另一個房間。

那裡擺著目前由我保管的寶刀髭切。

「你到底……想告訴我什麼？」

刀身有股沉厚的紫色靈氣圍繞，正喀噠喀噠地震動。

它因為這個家裡的某個存在而產生反應，宛如臨戰之前般興奮顫抖。

我能猜到那個存在是什麼。

過去曾遭這把刀砍斷手臂的鬼女——茨木童子。

她的轉世，茨木真紀。

「你是在叫我去砍她嗎？開什麼玩笑呀……我可不想因為你這混帳的業障而被利用。」

那傢伙的事，那兩個傢伙的事，我會自己判斷。

正因為如此，我必須更了解他們才行。

第五章 化貓與寒椿（下）

隔天，我感到一股奇怪的氣息而醒了過來。

「馨，你起來了嗎？」

「啊啊，妳也發現啦……空氣特別沉重。」

彼此確認後，我們從厚重的棉被裡爬起身。

這裡是津場木家的客房和室，我感覺到一種好似從天花板重重壓下來般的異樣靈壓。

我們披上外褂，踏上屋內的走廊。

沿著長長的走廊，我們循著那股氣息向前走，搜尋最可疑的地方。

「爺爺、爺爺，你振作點！爸爸已經去叫我們的家庭醫師了！」

津場木茜的聲音傳過來。在某間房裡，他拚命叫喚著。我想都沒想，就拉開那間房的門扉。

躍入眼簾的畫面是津場木家的當家巴郎先生手摀著胸口，極度痛苦的身影。從他的身體浮出了像是詛咒的東西，這是……

「怎、怎麼了？」

我們趕忙跑近。

「爺爺昨天晚上沒有念『詛咒迴返』的咒文，也沒有做代受詛咒的紙人偶，所以一大早就身體不舒服……」

「『詛咒迴返』是……？」

這一刻，我才終於明白壓迫著這個家的「那個存在」的真面目。

「正如你們所想，前大妖怪們。津場木家長年來，都活在詛咒之下。」

即使因發高燒而昏沉，巴郎先生仍舊聲音沙啞地告訴我們。

詛咒……沒錯，這種感覺，就是詛咒的氣息。

「自某個時刻起，只要流著我們家……津場木一族的血，就得背負詛咒。那可說是我們家持續與魔物戰鬥至今的宿命。」

「……」

「這世上大概不存在能夠解開這個詛咒的術法吧。津場木家的某個人，忤逆了某個如此強大又危險的存在。」

「那究竟是什麼？」

馨也出聲詢問。但不管是津場木茜，或是巴郎先生，都沒辦法回答。

「不曉得……就連這點也不曉得。但是，我不想要將這個詛咒……流傳給後代子孫……」

巴郎先生說到這裡就昏厥過去。

多麼強大的咒力。津場木一族究竟是觸犯了什麼？

津場木茜又開始拚命叫喚巴郎先生。

「哈囉～噔噔噔，一接到消息我就立刻飛奔而來，偉大的水連醫師駕到囉～」

這瞬間，拉門突然氣勢驚人地打開。

在這股凝重氛圍中，某個我們熟悉、心情開朗到惹人厭的男人現身了。

「咦！為什麼阿水會過來？」

「因為我是津場木家的家庭醫師呀～之前不是講過了嗎？啊，呆若木雞的真紀和馨，閃開閃開～要吃掉妖怪的詛咒，到頭來還是要靠妖怪啦。」

阿水在巴郎先生旁邊坐下，一副習以為常的從容神色觀察他的情況，再將帶來的道具一一擺出來。

方才帶阿水過來的咲馬先生對他深深一鞠躬說「麻煩您了」，就連討厭妖怪的津場木茜也靜靜在一旁望著阿水的動作。

阿水拿起一枝老舊毛筆，立起單膝擺好架式後，整間房間的榻榻米上驀地浮現出八卦圖。

好久沒看到了。

這是阿水的得意功夫，風水之術。

阿水大動作揮舞衣袖，用特殊毛筆在虛空中畫起卦象。儘管那裡並沒有紙張，阿水的毛筆還是能在空中繪圖寫字。

那是陰包陽，象徵水的卦象。

「小成八卦，坎。」

阿水一唱誦咒語，他四周就立刻出現一條水蛇，發出嗶啵嗶啵的水泡聲。

環繞著阿水的那條水蛇繞著八卦外圍，將他圈在裡頭，再咬住自己的尾巴，呈現一個圓形，接著在這裡建構出一個圓柱狀的水之結界，連我們都被包裹在其中。

嗶啵嗶啵……嗶啵嗶啵……

令人放鬆的水聲。上次泡在阿水溫柔的水陣裡，是多久以前的事啦？

滿是泡泡的水流，像是要洗淨全身般，從下往上輕輕撫過我的身體。

巴郎先生的身體全都被這些泡泡包裹住，已經看不見了。

阿水的風水之術，肯定正在將巴郎先生身上的詛咒吸收乾淨吧。

沒過多久，水流聚攏回阿水周遭，我們從剛剛沉浸的水陣幻覺中清醒過來。

巴郎先生的雙頰稍稍恢復血色，原本侵蝕他身體的詛咒也消失了。

情況似乎已經穩定下來。

「呵，這次詛咒造成的傷害，算是讓我的術法消除了。」

「……水連醫師，真的很感謝您。」

咲馬先生朝阿水深深一鞠躬，連那個津場木茜也跟著低頭。

可是阿水顯得不太友善。

「這個詛咒是會永遠持續下去的，除了當成慢性病應對別無他法，不應該忘記每天該做的

『詛咒迴返』。讓身體承受詛咒侵蝕，會經歷與死亡相鄰的苦楚；即便能夠逃過一死，也是會縮短壽命的行為。我認為巴郎先生應該不可能忘記這一點……」

他將蛇一般的雙眼瞇得更細，發出沉厚妖氣的光彩。

「你們是打算將真紀和馨，牽連進津場木家的詛咒嗎？」

阿水平常說話的語調總是吊兒郎當，現在卻驀地轉為極度冰冷。

咲馬先生一句話也說不出來，津場木茜則神情困惑地問：「咦？什麼？」

津場木家的詛咒。

巴郎先生之所以留我們過夜，是為了讓我們得知這件事嗎……？

這個詛咒似乎是比我們原先想像的更加棘手的問題。

「原來如此……那個『詛咒』，是巴郎先生的弟弟觸怒了某個地位崇高的大妖怪才背上的，血緣跟他越親近的人，降臨在身上的災禍就越嚴重。而且，因為這是永續型態的『詛咒』，如果沒有天天執行有效的應對措施，就會像巴郎先生一樣差點送命。」

後來我們從津場木茜那裡，聽到關於津場木家詛咒的詳細說明。

要與那個詛咒和平共處，需要每天執行「詛咒迴返之術」和「祈願」，實際行為則依個人蒙受的詛咒強度和種類而異。

譬如，要朝向當天有效的方位唱誦祝禱詞，用靈水淨化，或用特定方式吃特定食物之類的。

津場木茜身上背負的詛咒似乎不太強，不過……

「我爸常發生意外，我也會作奇怪的夢或撞到桌角，那絕對是津場木家的詛咒害的。」

「可是我也常作奇怪的夢耶。」

「拜託，常常撞到桌角是因為走路不小心吧？」

「啊啊啊，囉哩囉嗦！我說是詛咒就是詛咒啦！」

我和馨吐嘈後，津場木茜自暴自棄地大吼。

從他的反應來看，他們對於津場木家的這個詛咒已感到疲憊，有些放棄抵抗了。同時，我也理解了津場木茜討厭妖怪的真正原因。

因為妖怪而被迫背負詛咒。

每天，他都得看著家人因為這個詛咒受苦。

「欸，阿水，我的血對津場木家的詛咒沒有效嗎？」

阿水正坐在檐廊上，調配照護遭受詛咒侵蝕的身體所需的靈藥。

聽到我的疑問，他停下原本正用藥碾磨碎生藥的雙手，露出有些為難的笑容。

「真紀，那沒辦法喔。就連妳那擁有強大破壞力的鮮血，也難以摧毀津場木家的詛咒。這個詛咒有點特殊，嗯……其中蘊藏著近似於過去害我們受苦的那個『神便鬼毒酒』的成分。」

「神便鬼毒酒……也就是說，是異界的詛咒？」

「沒錯，津場木家的人恐怕是惹火了異界妖怪。想要解開包圍這個家的詛咒，妳的血非常有可能會是其中一個關鍵，但光那樣還少了什麼。關於這一點，我也一直在調查。」

阿水又繼續調配藥方，那道身影跟有著山茶花和貓咪的檐廊景色十分相襯，美得像幅畫。

「只要知道該怎麼解開津場木家的詛咒，或許就能獲得對抗那個毒酒的提示。雖然這可能已經沒有意義了……」

「……阿水，你……」

阿水為什麼會協助理應憎恨的退魔師一族，我和馨現在終於明白其中緣由。

他到現在，都還因為當初沒能找出「神便鬼毒酒」的解藥而懊惱不已。

身為千年前那個狹間之國的醫生，他自責至今。

「喂，水連，那時候的事，你沒有必要自責，全都是我過於天真害的。」

「哈哈哈，什麼呀，現在才講這種話……你的這種個性，真是太過天真了。」

對於馨的發言，阿水揚聲輕笑，接著順勢側頭，意味深長地瞇細雙眼。

「我呀，並非單純因為懊悔才做這些事，只是有興趣、出於好奇。而且為了正經賺錢過活，光靠那間沒幾隻小貓光顧的藥局怎麼行呢？就是有這些和顧客間的往來，我的生意才做得起來。」

「說、說的也是……」

我真的從沒看過那間藥局門庭若市的情況。

「更何況，難保今後不會遇上類似的情況吧？為了無法預知的將來，能知道解決的方法，絕對不會吃虧。」

「……阿水。」

「別擔心，這輩子我一定會守護你們兩人。如果做不到，那我存活到今天就沒有意義了。」

阿水淡淡地說出這段話，又馬上一如平常地露出邪氣微笑說「啊，影兒傳來一張小麻糬超可愛的照片～」，還悠哉地滑手機。

然而，我跟馨一句話也說不出來。

他平常老是表現得那麼開朗，但內心肯定比誰都……對我們……

「那麼，津場木家能夠解開這個詛咒嗎？」

此時，剛剛一直沉默不語的津場木茜低聲說道。

「津場木家擺脫這個詛咒的那一天會到來嗎？」

他的聲音雖然平穩，目光卻炯炯有神。

「你想讓津場木家擺脫這個詛咒嗎？」

「當然。都是因為這個詛咒，我不曉得看過幾次家人差點喪命，特別是爺爺和爸爸身上的詛咒很強大。儘管能靠詛咒迴返減低傷害，但這個詛咒還是會縮短壽命，影響到四周人們，左右未來的命運。」

津場木茜繼續往下說。

這不是亂講的。詛咒的確會產生連鎖反應，影響生活的各個層面。

「像我姊姊，原本因為相愛而論及婚嫁的男方家，就因此單方面悔婚。明明她身上的詛咒並不嚴重，只出於背負著詛咒這個原因。我也一樣。一生下來頭髮就是這種顏色，跟我要好的同學總會受傷或發生意外，原因都非常不自然，而且絕對無法避免。所以，朋友這種東西……我再也……」

他不由得握緊拳頭，表情變得懊惱、苦澀。

還有，他的髮色原來是天生的呀……

「沒辦法，沒辦法——大家總是這麼說，說世界上還有更多更嚴重的詛咒，應該要慶幸我們家遇上的只有這種程度，甚至說必須學習一輩子與詛咒和平相處。不過，我已經受夠了。我不想再看到自家人因為妖怪的詛咒而受苦。」

「你……很重視家人耶。總覺得有點意外。」

「啊？這世界上有人討厭自己的家人嗎？」

津場木茜歪著頭，一臉理所當然地問道。

「……對我來說，你好耀眼喔。」

「沒想到你也有可愛的地方。」

我和馨深有感觸地說。

津場木茜對於自己看重家人這點，毫不扭捏、大方宣告的態度，讓我對他又產生更多興趣。

「好，那我會助你一臂之力，幫忙解除津場木家的詛咒。」

「啊？」

津場木茜頭歪得更厲害。

他一副聽不懂我在說什麼的模樣，皺起眉頭。

另一方面，馨立刻就明瞭我的用意，無奈地嘆一口氣。

「那是什麼意思？妳在可憐我嗎？我不是想要你們幫忙才說這件事的喔！」

「嗯，當然。津場木茜，我們也不是特別為了你，而是為了我們自己。為了我們將來的幸福，涉入津場木家的問題，找出解開詛咒的方法，對我來說應該也會增加未來的選項。」

「……」

「就是各取所需啦。你想要解除津場木家的詛咒，我們想要擺脫過往，打造美滿的未來。彼此在這件事上如果有能夠施力的地方，就互相幫忙，只是這樣而已，並沒有要勉強的意思，也並非一種義務。」

馨揣測我的意圖，補充說明。

阿水仍舊坐在檐廊嘿嘿笑著。

只有津場木茜一個人，對於我們剛剛說的這些話，露出更加困惑的神情。

「為什麼？你們以前不是妖怪嗎？不是因為像我這樣的退魔師而吃盡苦頭嗎？還遇上那種事情，現在為什麼……？」

「你問為什麼……當然是因為這輩子一定要獲得幸福呀。」

那是我們最大的目標。
美夢般的期盼。
不再重蹈前世的覆轍。阿水早已預見遙遠的將來，一直在努力準備著，我們自然不能只是站在一旁袖手旁觀。

那一天，巴郎先生在下午醒過來，我和馨放下心後就告辭津場木家。
只有阿水說要再觀察一下巴郎先生的情況，獨自留在那個家裡。
津場木茜似乎很在意我跟馨的提議，直到最後都緊繃著一張臉，但仍是禮數周到地在屋外目送我們離去。
無可厚非呀，他肯定難以理解吧。
為什麼我們會主動去管他的事呢？
「我還是不喜歡退魔師，現在也……」
「……我想也是。」
「但是呀，津場木茜有恩於我們，我也不討厭他。而且，我不想讓阿水一個人背負那種覺悟。」
我跟馨在回程電車上，斷斷續續地吐露真正的想法。

「阿水明明是妖怪，卻一直在救助他應該很討厭的退魔師。雖然他說是為了賺錢，但肯定其實是為了守護現在的我們。」

「啊啊，即使到今天……大家都還是對當時的事感到懊惱。水連是這樣，影兒、凜音也是……阿熊跟阿虎會一直畫漫畫也是出於這個緣故。當時的事，沒有人能夠忘懷。」

「那麼，有什麼是我能做的呢？」

「我能做什麼呢？」

每個人的際遇、情況、決心在無垠時空中交錯向前。

如果這一切具有意義，那肯定是——通向未來……

模模糊糊地有這種預感浮現，內心翻騰不已。

「差不多要到淺草了吧？得聯絡由理才行。不先決定好新年參拜的集合地點，到時淺草寺附近可是人滿為患。」

「啊啊，由理今年也會帶若葉一起來吧？畢竟他爸媽太忙了。」

「……欸，馨，關於由理的事。」

我停下打訊息給由理的手，偷瞄了馨一眼，壓低聲音開口試探。

「關於他的謊言。」

「嗯？妳有什麼頭緒嗎？」

「不，這或許真的是很荒謬的想法……」

我有些遲疑。那個猜測僅僅是種直覺，應該跟馨說嗎？
但在我說出口前，電車就抵達淺草站。
「怎麼了？氣氛很奇怪耶。」
我們下了電車，一從地下鐵走到外頭，馨就率先察覺不對勁，抬頭望向天空。
已經徹底天黑了。淺草的傍晚。
人潮洶湧，四周喧囂不絕於耳，畢竟今晚可是最多人會聚集到淺草的日子。
但是我們察覺到的那股奇異氣氛，跟人多導致的熱鬧喧騰極為不同。
「真紀，這個感覺……是隅田川。隅田川似乎發生了什麼事，我們快去！」
「嗯，嗯嗯。」
我和馨急忙直奔隅田川，發現了剛剛感覺到的奇異氣氛源頭。
「這是……什麼……？」
在隅田川的上空，有某個東西正在成形。
隅田川的寬度約有兩百公尺。
模糊的彩虹色氣流環繞的球型結界，飄浮在隅田川上空。
那東西似乎在一點一滴、一點一滴地吸取隅田川的靈力，正逐漸變大中。
剛形成的不穩定空間。簡直就像是有生命似地，偶爾還會脈動。
「啊～隅田川要完蛋惹。」

「那是怪物吧～一定是異形的卵～」

「養分快速遭到吸取啊……」

精力流失的手鞠河童們，虛脫般地浮在水面上。

「那是狹間！誰在隅田川建造了一個狹間……」

「附近路人完全沒有發現那個東西吧？我希望啦。」

當然，能看到那種東西的只有靈力特別強大的人類。

因此，只有一個少年從河的這岸，凝望著在隅田川上空形成的那個東西。

「……由理？」

那是由理，我們再熟悉不過的好友。在他的腳邊，有許多剛從水裡爬上岸、頻頻發抖的手鞠河童。

但由理的樣子不太對勁，神情極為恍惚。

而且他的狀態似乎正劇烈變動著，看起來相當不穩定。

「由理！」

「這到底是怎麼一回事？」

我們跑到他身邊後，他緩緩地回頭望著我們。

這是……由理？

由理四周的氣息跟平常不同，讓我們大受衝擊。

站在眼前的這個人，外表確實是由理，可是有什麼地方，感覺起來卻非由理。

「你們……對不起……」

他一臉快哭出來的表情道歉。

即使我們不了解發生什麼事，也立刻領悟事態十分嚴重。

「由理，振作一點，你知道自己現在是什麼表情嗎？」

我抓住由理的手臂，搖晃著看來無比脆弱的他。

「你放心，不管發生什麼事，由理，我們都不會拋下你。所以，告訴我們，到底怎麼了？為什麼你的……氣味變得跟妖怪一樣呢？」

我和馨早在剛才就發現由理的改變。

他已經不是人類。

他身上散發出妖怪的靈力，身為一個妖怪站在我們眼前。

「難道，你從一開始……這就是你的『謊言』嗎……？」

馨壓低聲音詢問，雙眼越睜越大。

我也終於替之前的懷疑找到答案。

「馨、真紀，過去我一直在說謊……我是個騙子。」

如雪花般的羽毛不知從何處飄落，輕撫過臉頰。

由理散發著明月般的皎潔光芒，悲傷地微笑，那道身影太過美麗，確實已經不可能是人類。

「我並非死後又轉生為人類。我根本不曾死去，從千年前到現在一直是……妖怪『鵺』。」

除夕當天的淺草。

月亮從點亮燈的晴空塔另一頭注視著我們。

為什麼至今都沒有發現呢？明明很清楚他可是被讚頌為喬裝天才的鵺。

不，該說正是因為如此吧？

他不光是模仿外貌，連細胞、血液、氣質——就連散發出的氣味，都完美地化為人類。根本不可能在我和馨面前露出馬腳。

更何況，自從在幼稚園重逢以來，我們就對三人是一同長大這件事一直深信不疑。

〈裡章〉由理，美夢的盡頭

我的名字是……繼見由理彥。

「……」

那一天，我一如往常地迎接早晨的到來。

離開被窩，脫下當睡衣的和服，換上平常打扮後，再將棉被折好收進壁櫥，接著走出房間前往客廳。

媽媽和爸爸都在那兒，才剛弄完早餐。

雖然我們家經營旅館，但由於早上爺爺奶奶會待在旅館裡，所以這段時間爸媽兩人通常能一起待在客廳。

「早安，由理彥。你今天也很早耶，現在明明放寒假。」

「早安，爸爸，早起的鳥兒有蟲吃呀。」

他坐在客廳餐桌前，一邊啜飲咖啡一邊看報紙，我笑著和他打招呼。

爸媽一年到頭都十分忙碌，能夠好好講話的時間就只有早上。

所以我才早起。

「今天應該會很忙呢，也有要去淺草寺新年參拜所以來住我們家的客人。」

我從待在廚房的媽媽手中接過早餐和咖啡後，在爸爸對面坐下。

「是呀，畢竟今天可是除夕，淺草每年的大日子。每家店都使出渾身解數，我們也不能輸喔。」

「我也去幫忙吧？」

「不用，不能連年底都讓小孩子工作。難得你今天沒有任何課程，好好放個假。再說，和天酒跟茨木一起跨年比較好玩吧。」

「嗯……可是今年開始，我會不會變成電燈泡了呀……？」

我下意識地喃喃自語。爸爸聽了，耳朵動了動。

「咦……那兩人什麼時候在一起啦？這件事我怎麼沒聽說，快告訴我。」

「爸，你真的很愛這種話題耶。」

「哈，青梅竹馬的三人，我可是一直很擔心你們會不會發展成三角關係……由理彥，你去淺草寺新年參拜時，也拜託神明給你找個可愛的女朋友喔。」

「爸，不用你多管閒事啦。話說回來，我們才不是三角關係……」

我一邊喝咖啡，一邊冷淡回答。不過我很喜歡像這樣跟爸爸閒聊。

他外表看起來像位成熟穩重的紳士，卻常常開玩笑，很風趣。

他充滿青春活力，爽朗又有親和力，是因為做服務業的關係嗎？

「由理彥，晚上會冷，去新年參拜時要穿暖一點。你常常都穿太少。啊，你帶暖暖包去吧，順便也帶他們兩個的份，反正家裡多的是。」

吃完早餐後，媽媽一早就開始操心我晚上要去新年參拜的事，從剛剛就一直在客廳櫃子裡翻找，拿出數量眾多的暖暖包。

「不用了，媽，不用啦。妳以為我是第幾次參加人擠人的淺草寺新年參拜呀。話說回來，真要貼這麼多暖暖包會熱死吧。」

她「嘿」一聲，作勢要把暖暖包貼到我背後，我俐落地轉身閃開。

「討厭～由理彥有時候就會這樣默默反抗！」

「我的年紀正值反抗期喔。」

「但你平常比媽媽還要沉穩多了。」

「喂，老公！」

媽媽憤慨地抗議，但那無損於她溫柔的女人味。

家世良好的大小姐，溫和大方又我行我素，但總是信任自家小孩，毫無保留地用溫暖愛意照料我們。

「但由理彥現在真的變得好穩重呢，明明小時候老是做些調皮搗蛋的危險事，讓我們傷透腦筋。那段時間好像假的一樣。」

「……我有嗎？」

「若葉以前身體不好，媽媽又慌慌張張地靠不住，所以你才認為自己身為哥哥，得振作一點吧？」

「喂，老公！」

「……」

爸媽都幸福地笑了。

他們是我重要的恩人，我不願讓他們傷心。

「若葉今年也會吵著要跟哥哥一起去新年參拜嗎？是說，有你在就沒問題。欸，由理彥，差不多該去叫若葉起床了吧？放假時，如果你沒去叫她，她不曉得會睡到幾點呢。」

「嗯，好呀，媽。」

「啊，午餐我也煮好了，你們兩個就自己吃吧，我們該去鶇館。」

「好。」

那是與家人一同度過，理所當然卻又無可取代的早晨。

然後，我為了叫妹妹若葉起床，走出客廳。

通往若葉房間的走廊牆壁上，陳列著好幾幅裱框的名畫拼圖。

〈奧菲莉亞〉什麼時候會加入這個行列呢？

「若葉、若葉，起床了。」

我一如往常地敲響她的房門，想要叫醒她。

但等了半天都沒人來應門。雖然妹妹確實不好叫醒，但情況似乎有點奇怪，房間內傳來喀噠喀噠的聲響。

「……若葉？」

我內心泛起不好的預感，慌忙打開房門。

一陣寒風撲面而來。

現在是深冬，房間窗戶卻開著，風勢將窗簾吹得飄來盪去。

堆得像小山高的書本，拼到一半擺在地上的〈奧菲莉亞〉拼圖。

剩下的拼圖片如花瓣般散落一地。

腳邊也有一片，我想也沒想就彎腰撿起。要是弄丟就糟糕了。

「……嗯。」

若葉醒了過來，坐起身。

但她的模樣有點奇怪，非常恍惚。就算是還沒睡醒，臉色也太差了。

「若葉，妳怎麼了！」

就算我衝過去向她搭話，她也不回答。

眼神空洞，身軀冰涼。

一開始我以為她是身體不舒服，但不對。

若葉的額頭上，有一顆花朵形狀的痣。

「這個……是……」

我曉得。雖然親眼看到是第一次，但以前曾經聽說過。

這是「蝕夢」的痕跡。

啃噬夢境的妖怪，從下級到上級有好幾種，這個是……？

「拔——庫～？」

這時，床底下鑽出某個生物。

我慢慢離開床邊，緊緊盯著那個小東西。

鼻尖很長，毛色獨特、黑白各半的野獸——是大陸的妖怪「貘」。

「是你嗎？就是你對若葉……到底是從哪裡跑進來的？」

怎麼會？我竟然沒發現有這麼危險的妖怪跑進屋裡。

這隻貘或許是無意識地，徹底將自己身為妖怪的氣息消除得一乾二淨。

簡直……就像我一樣。

「不過，真抱歉，你太危險了。」

我朝那隻貘伸出手。這短短一瞬間，體內妖怪的無情本性驀地淹沒我的理智，腦中只剩下一個念頭——我現在就要宰了這隻野獸。

「哥哥！不可以！」

這時，若葉突然驚醒，從床上跳下來。

她一把搶過我拎高的那隻貘，緊緊抱在胸前。

這樣呀？若葉已經看得見這傢伙了。

「哥哥，你剛才是打算做什麼？」

若葉的聲音在發抖。現在的這個我，讓她害怕嗎？

「……若葉，把牠交給我。」

「你想對牠做什麼？」
「把牠帶走，帶得遠遠的，讓牠不能再害人。」
「不、不可以。牠受傷了。現在丟下牠不管，牠會死的！」
「但牠非常危險。這一點，妳不曉得吧？」
「沒這種事！牠很乖，才不會做壞事。哥哥，你看得到牠吧？你跟牠一樣吧？那你不是更應該保護牠嗎！」
「……若葉。」
若葉發現了。我看得見，而且，我是……
「欸……哥哥，你是什麼？」
「……」
「為什麼你不是人類呢？」
「……」
「哥哥，為什麼你會在這個家裡呢！」
若葉接二連三的問題，成了業力交疊的言靈。
讓我的謊言，讓我那層喬裝的外皮，漸漸剝落。
沒錯，就像妳說的。
我不是人類，是自某一瞬間開始，混進這個家的非人生物。

妖怪，妖獸……怪物。

「嘻嘻嘻，事情變得真有趣呢，鵺。喬裝的天才竟然一直都沒發現，自己早就被妹妹看穿真面目。」

窗邊傳來某個聲音。是茨木童子以前的眷屬——凜音。

他躍進若葉的房間，臉上掛著詭異的笑。

「鵺，你輸了。你從一開始就被她看破手腳。」

「……凜音……為什麼，你會……」

「偶然真的是很不可思議呢，鵺。這個小女生明明跟你沒有任何血緣關係，卻是『玉依姬』的體質。我稍微調查過了，繼見家似乎原本就有這種血統。」

若葉困惑地複述：「玉依姬……？」對這個陌生名詞顯得很在意。

「住口，凜音……不要再說了。」

不准再說出更多會傷害若葉的話。

「好喔，我也不是不能了解你在擔心什麼。畢竟她是玉依姬的話，可是會讓各方妖怪盯上。但不管你怎麼設法保護她、把她藏起來，她的力量都已開始覺醒了，並且慢慢察覺到各種事情……這是當然的呀，她又不是你的洋娃娃。」

「……」

「貘只有吃過一次她的夢境，現在正打算釋放那股力量。為了實現自己的救命恩人——這個小女生的願望。」

「……若葉的……願望？」

我緩緩將目光轉向若葉。

她一瞬間露出困惑的神色，但下一刻就緊緊抿住唇，表情像是心中已有所覺悟。

那已經不是我稚氣又柔弱的妹妹。那副神情，已經是個有自我主張的成人。

「繼見若葉，妳想知道吧？你哥哥的真實身分。」

「……想知道。我想知道，我想了解哥哥的事！」

若葉懇切的神情、意志堅定的話語，讓我的心臟撲通直跳。

「所以……我願意把自己的夢獻給貘！」

那句話是一種咒語。

當她誦念完畢的同時，若葉抱在懷中的那隻貘大聲嚎叫，綻放出七彩光芒。

若葉因而失去意識，陷入沉睡。

我也因為那道光的衝擊而無法動彈。

凜音乘隙將熟睡的若葉和貘抱起，從窗戶跳出去。

「若葉！」

「這個小女生暫時由我保管。來呀，只要來追她就好，來夢世界的盡頭。但也要你能下定決心承認自己的謊言，把『真名』告訴你妹妹。」

「……」

我為了追趕兩人，連外套都沒穿就從窗戶跳到屋外，四處搜索他們的氣息。

在哪？到底去哪裡……？

「由理彥，你怎麼慌慌張張的？」

那時，剛好被在鵺館入口打掃外頭環境的媽媽看見，她出聲關切，我不禁雙肩一顫。

「你已經要出門了嗎？穿這麼少會感冒喔。我剛剛不是才叫你要穿暖一點？」

我非常著急，但媽媽一臉擔心，我不得不停下腳步。

全身微微顫抖。沒其他辦法了。

「你看，果然會冷吧？我看一下，玄關應該也有貼式暖暖包才對。」

「等、等一下，沒關係，我沒關係啦……媽媽，我一定會把若葉救回來。」

「……由理彥？」

媽媽似乎發現我的模樣不太對勁，轉向我問「你沒事吧」，雙手輕輕包覆住我因寒風而凍僵的臉頰。溫柔的媽媽。

湧上心頭的滾燙情感，緊緊堵住我的胸口。

下一秒，我溫柔地抱緊媽媽。

「沒關係，沒關係的喔，媽媽。只是，我……」

並不是，妳真正的，兒子。

「喂，由理彥，你幹嘛呀？」

爸爸也從身後走過來。

他見我穿太少，便脫下自己身上罩著的外套，打算披到我肩上。

「爸爸，沒關係喔，對不起，真的對不起。一直以來，謝謝你。」

「……」

對於我莫名其妙的發言，爸媽臉上都露出不安的神色。

但我已經從他們身邊慢慢走開，轉身跑遠，沒有再回過頭看爸媽一眼。

我將以「繼見由理彥」的身分生活至今、無比重要的溫暖避風港拋在腦後。

為了替最疼愛的妹妹，還有她的家人，奪回平和安穩的日子。

還有，為了讓妹妹……認識真正的我。

「怎麼會這樣？那隻貘用吃下的若葉的夢當材料，建構了狹間嗎……？」

我追趕妹妹和凜音的行蹤，跑遍淺草各地一直找到傍晚，終於在隅田川看見那個東西。

飄浮在隅田川上空，彩虹色的扭曲球體。

那是馨最擅長的結界——狹間。那是貘建構的嗎？

不，建構的人恐怕是凜音。

他是還在記恨之前京都晴明神社的事嗎？不，他不是那種人。

那傢伙的目的只有一個，想必是為了和真紀對決，才利用了若葉。

但若葉也是自己決定要借助貘的力量，答應了凜音的提議。

她肯定是在更久以前就發現我的事，一直渴望知道事實吧。

可是，一旦……事情發展到那個地步，我就……

「由理！」

熟到不能再熟、老交情的好友們呼喚我名字的聲音響起。

真紀和馨跑了過來。

剛在隅田川上空形成的那個狹間，馨一定也感受到它的靈波。

他們盯著我，神情十分詫異，肯定發現我身上靈力的氣味已變得不同。

「馨、真紀，過去我一直在說謊……我是個騙子。」

是的。我跟他們有根本上的差異。

從一開始就截然不同。

他們從人類化為妖怪，死後又再度變回人類。

但我只是在某個特定條件下，完美地喬裝成那個人物，一次也不曾真正成為人類。

「我並非死後又轉生為人類。我根本不曾死去，從千年前到現在一直是……妖怪『鵺』。」

真紀和馨的表情極為震驚，張口結舌地愣在原地。

這是當然的。

他們一直認為，自從這輩子重逢以來，我們三人是按照相同速度一起成長，一起在這次的嶄新人生中並肩創造了無數回憶。

我太過分了，這是背叛吧。

結果，我只是嘴上說自己和你們相同，假裝分享各種經歷罷了。

就連在你們面前，我也從不曾卸下偽裝。

我害怕，如果我向你們坦白自己是妖怪的事實，就沒機會待在你們身邊。沒辦法待下去吧……

「真紀、馨。」

然而，我卻開口依賴他們。

「幫幫我……」

對一直被我蒙在鼓裡、遭我背叛的那兩個人。

「若葉……若葉被帶進那個狹間裡。都是因為我一直偽裝成人類、偽裝成她哥哥害的。她……明明我很清楚，這種事一定會擾亂若葉的人生……」

我怎麼會這麼愚蠢？

在請求原諒之前就先求助。居然是先說出這種話。

可是……

「「我們當然會幫你啊！」」

兩人異口同聲地一口答應，一臉像在說「廢話！」的生氣表情朝我逼近，我忍不住縮起上半身朝後仰。

真紀和馨一把抓住我，將我拉近他們。

然後，三個人的頭靠在一起。

「你是妖怪又怎樣？對我們來說，由理就是由理！說什麼騙子啦，我們是絕對不會這樣說你的！」

「對呀。你對我來說是無可取代的知己。我們從很久很久以前開始就是好朋友。連我們都一直被蒙在鼓裡，真該稱讚你實在名不虛傳呢。」

實在難以想像，這是過去惡名昭彰的那個鬼說出來的話。

如此炙熱、灼熱……又直接有力的話語。

明明被欺騙，兩人卻完全沒想要責備我。

真厲害。清楚展現了彼此氣度的差異。

對現在的我來說，那句話是多麼令人安心，讓我獲得救贖。

「謝謝，謝謝你們。」

我一直以為如果謊言被揭穿，我就再也無法待在你們身邊。

可是，我仍然擁有你們。

就算將要失去寄生的宿主，我也不再害怕了。

第六章
揭穿謊言的夢世界

由理，你珍視的人，我一定會出手相救。

難以坦白的謊言，我也曾經有過。但那時你不也一如往常地溫柔對待我嗎？

我，還有馨，喜歡你、珍惜你的程度，是連謊言都能跨越的喔。

我們絕對會站在你這邊，一直支持你。

絕對不會說你是騙子。

「若葉把那隻從中國被抓來、名叫『貘』的妖怪，藏在自己房間裡。從隅田川逃到淺草的那隻外來種，很有可能就是這隻貘。」

「……貘，啃噬夢境的妖怪。我雖然聽過，但從來沒看過。」

由理說明完目前為止的情況後，我們開始討論接下來的計畫。

無論如何，必須要把若葉從那個狹間中救出來。

「馨，拜託，要面對未知的狹間，我需要你的眼睛和力量。」

「沒問題，狹間的部分交給我。」

「真紀，妳在這裡等比較好。凜音大概在那個狹間裡，他肯定等這種好機會很久了，或許會出手取妳性命。」

「你在說什麼！要是凜音在裡面，我更應該要進去呀。他跟若葉的事情也有關吧？我要去狠狠教訓他一頓。」

隅田川的上空，那個狹間膨脹得相當巨大，像一顆彩虹顏色的氣球。

有多少人注意到那個東西呢？生活在淺草的妖怪們，現在想必嚇壞了。

「不過要是我們都離開這裡，就沒人處理這個狹間對外界的影響了，該怎麼辦才好……」

「有我在喔！」

這時背後傳來一道聲音。

我們回過頭，見到大黑學長以盤腿坐姿輕飄飄地浮在半空中。不，應該說是淺草寺的大黑天大人才對！

「我覺得奇怪就過來看看，結果居然在值得慶賀的除夕夜，出現這種奇怪的龐然大物。這樣不行！這種事不值得慶賀！我這個淺草寺大黑天，會保護來淺草的所有人類。」

「喔喔……」

太可靠了，不愧是淺草的神明。

「可是沒關係嗎？大黑學長，今天淺草也是忙得不可開交吧？」

「淺草寺的主神是觀音，裡頭也供奉了其他很多神明。我跑來這邊不會有什麼問題的啦，這種日子更是該好好保護淺草的居民。不過，我的影響力只能在隅田川的這半邊發揮作用，因為再過去就算是墨田區……」

「神明的勢力範圍也是按照行政區來劃分嗎？」

以隅田川為界，淺草所在的這一側是台東區，有晴空塔的那一側是墨田區。聽說如果兩區是在陸地上相鄰，這條界線就會模糊一些，但中間隔著這麼大一條河，就成了一條明確的界線，影響力會硬生生消失。

「那麼保護墨田區那一側的事，就由我來跟本所總鎮守的牛嶋神社提看看。牛嶋神社的牛御前大人應該會願意接下這個任務。」

在這關鍵時刻突然現身的是，西裝打扮、長相凶惡的淺草地下街大和組長。

「喔喔，正確答案，大和，你難得頭腦這麼清楚耶。」

「啊！不要靠過來啦，大黑天大人。」

大黑學長欣喜地搓揉組長的頭髮。

「哇哈哈，你也要把皮繃緊，好好跟牛鬼那個虐待狂女神低頭呀。那個女神最喜歡看你趴跪在地上呢。」

啊啊，組長受到淺草神明的職場霸凌，原本往後梳得服服貼貼的整齊油頭變得凌亂不堪……不過我們愛莫能助。

接著，大黑學長將目光轉向由理。

「事情就是這樣，由理子。外頭的事你就不用掛心了，專心把妹妹救出來吧。還有，那之後的事情……我也會想想辦法。」

「好，大黑學長……不，淺草寺大黑天大人。」

聽聞大黑學長那像是看透一切般的慈祥話語，由理深深一鞠躬。

「那麼大家，走吧。」

「走。」

「嗯。」

我們幹勁十足地要去那個狹間是很好，可是……

「所以咧？那東西飄在半空中，我們是要怎麼過去？」

從一開始就像這樣搞笑，我們根本是搞笑三人組。

「這種時候就是我登場的時刻了！」

「影兒！」

在絕妙時機趕來的是影兒。

他大概是發現隅田川的異象一路跑過來，現在正大口喘著氣。

懷裡還抱著悠哉舔棒棒糖的小麻糬，一定很重吧。

「我變回八咫烏的模樣，送各位過去……呼、呼。」

「你剛剛是拚命跑過來的吧？影兒，謝謝你，你真棒。」

影兒雖然已經精疲力竭，但還是擠出最後一絲力氣，變身為巨大的八咫烏。

擁有三隻腳和勇猛的漆黑羽翼，自神話時代就存在的神鳥。

「喔喔，平常小不點一個，但這副姿態還是那麼威猛耶。」

馨不由得出聲讚嘆。那副姿態就是如此美麗又高貴。

那麼，出發吧。我們坐上影兒的背，朝飄浮在空中的彩虹色狹間飛去。

狹間的表面，七彩濃霧呈波浪狀流動，密度相當高。我們隨便找個地方試圖衝進那層霧，但立刻被彈出來。

馨將注意力集中在「神通之眼」，終於從這個巨大狹間的表面，找到一個小小的破綻。

「要進去有點太小，但只能瞄準那裡破壞。真紀！準備好染血橡實爆彈！」

「好。」

我朝著馨指出的那個破綻，使勁將染血橡實爆彈丟過去。

很好，砰！

「唔哇。」

爆炸的那一點，看起來像是原本有無數拼圖片鑲嵌在那兒，現在則變成一個巨大漩渦，將我們吸進去。

我手上依然抱著小麻糬，不禁緊緊閉上雙眼。

「……嗯？」

啾啾啾啾啾……傳來小鳥的叫聲。

我睜開眼睛，發現眼前是被巨大樹木、花朵和菇類所圍繞的一座森林。

低頭看向腳邊，是一條拼圖模樣的紅磚道，此地的世界觀似乎是童話世界，非常可愛。

「這裡是怎麼回事？這個狹間超童話的耶，還有巨型植物。」

「不，應該是我們太小吧？這就是手鞠河童眼裡看到的世界呀。」

不是講小矮人眼裡看到的世界，而是說手鞠河童眼裡看到的世界，我們實在是徹頭徹尾的前妖怪。

「！」

喔呵呵、啊哈哈——竊竊私語的嬉笑聲從四面八方傳來，令人不寒而慄。

周圍的植物在對我們說話，那些聲音乘著微風飄進耳裡。

「嘻嘻，真難得，居然有人類。」

「這裡是人類文明毀滅後，由植物支配的世界。」

「……」

我們三人面面相覷。

「嗯……聽起來像是神祕的絕望鄉設定，這是怎麼一回事？」

「這樣說起來，若葉有時候會說她作惡夢，夢到自己在一個沒有人、長滿各種植物的世界裡徘徊。大概是這個原因吧？而且，這個狹間的其他層面也表現出若葉的喜好，像是拼圖。」

「哦，原來如此，畢竟狹間就是會反映出主人的喜好和思想。」

這樣呀，我明白建構這個狹間的元素和世界觀了。

「最好去找水晶宮喔。」

「那是奧菲莉亞沉眠在水中的地方。」

「不過要獲得進入那裡的權利，得先打倒騎士和守護獸……」

伴隨著沙沙作響的風聲，那些植物的低語聲又飄過來。

還有這種莫名其妙的奇幻設定……

「欸，水晶宮是什麼？」

「是說，奧菲莉亞又是哪位？」

我跟馨可是純正日本妖怪，完全無法進入狀況，腦中滿是問號。

「水晶宮……搞不好是若葉平常照料那些植物的陽光房。奧菲莉亞應該是拼圖的緣故，我送了米萊的畫作〈奧菲莉亞〉的拼圖給她當聖誕禮物。」

「啊，有個女人浮在水上的那個呀。」

「之前有一陣子常在畫展的海報上看到嘛。」

由理嘴裡一邊嘟噥「這種說明方式實在是非常沒有情調耶，但就是那個……」，一邊點頭。

「我想，若葉應該就是在那個稱為水晶宮的地方。」

「奧菲莉亞指的就是若葉嗎？」

「大概。不過奧菲莉亞代表的是死亡……如果若葉的夢境被這個狹間吞噬得一乾二淨，或許她就會死。」

由理一臉擔憂地繼續說：

「狹間是需要龐大能量的結界術，我們得趕快救出若葉，然後解除這個狹間，否則後果不堪設想。」

馨也神色凝重地將視線瞥向旁邊。

「馨，你能夠解除狹間吧？」

「嗯，但要先調查一下這個狹間，施展必要術法。」

「你應該也能找到若葉現在人在哪裡吧？」

「我現在就來干涉這個狹間找找看。」

馨立刻瞇細自己擁有的「神通之眼」，揚起手在空中一劃。

「狹間情報，解鎖。」

他說出這句話的同時，手橫向滑動。

頓時，半透明的顯示畫面接二連三出現在半空中，上頭展示了建構狹間時使用的陣法，還有古老妖術記號。

這是以靈力製作出的「靈紙」。馨的「神通之眼」盜取被施展在這個狹間的指令後，自動顯示在靈紙上。
有點像是用電腦駭進別人的系統那樣。
馨各給我和由理一張這個靈紙。他說只要看上面，就能曉得狹間的構造、素材、強度和靈力流動等資訊。
「原來如此，構成這個狹間的素材，主要是遭貘啃噬的若葉『夢境』，還有她所栽種的『植物』。能讓狹間穩定的金屬成分很少，這一點讓人有些擔心……」
「哦，看這個就能知道很多事情耶。」
真不愧是馨。一扯到狹間的事，他的可靠程度真不是蓋的。
最近，過去酒吞童子擁有的「神通之眼」開眼了，所以他能使用的術法大幅增加。馨也在不少千年前創造出的術法上，融入了這一世習得的知識加以改良。
「你們看，能量是從狹間中的這個點，透過植物根部，供給到狹間的各個部分。換句話說，核心就位在這裡。」
「馨，那裡就是水晶宮嗎？」
「八九不離十。不過距離很遠。我們現在位在上層，得先找到可以下到中心層的路。」
「啊～簡直是一座迷宮嘛。」
「真紀，這個狹間可是一座夢幻的地牢喔，千萬要留神應對……以上。」
現在不是悠哉的時候，在馨的帶領下，我們在這個以狹間為名的未知地牢中前進。

這裡跟我至今進入過的狹間都不同，空間設定是少女的浪漫夢境。

巨型花朵會朝我們說「午安」、「哈囉」、「要不要喝杯加了花蜜的熱茶呀」，出聲引誘我們。這真是不可思議。按照由理的說法，開在這裡的所有花朵，全都是若葉種在陽光房裡的品種。

「若葉可以察覺到植物的感受。她能順著那個直覺，不管現在是什麼季節，都讓自己種的花兒綻放。」

「那不就是玉依姬的人材嗎？也就是說，她擁有巫女體質。」

「嗯，是呀。」

這樣……這樣一來，由理，不是跟你身為藤原公任時，你女兒的體質相同嗎？

難道是因為如此，由理才一直待在若葉的身旁嗎？

「那、那個，茨姬大人。」

「嗯？影兒，怎麼了？」

「那裡有一隻奇怪的妖怪……」

變成小烏鴉後就一直保持沉默的影兒，伸出單邊翅膀向前指。

在巨大的蜂斗菜下方，有隻黑白色的小野獸正不住顫抖。

「拔、拔——庫～～」

哎呀，真惹人憐愛耶。

牠的大小跟小麻糬差不多，但鼻子比較長，跟大象有點像……

小麻糬可能是感到親切，便朝那隻野獸走近，好像想跟牠交朋友，「噗咿喔」地伸出翅膀想跟對方握手，卻被那隻渾身戒備的野獸咬了一口。

「噗咿喔喔喔！」

小麻糬痛得在地上打滾，影兒含淚大喊「小麻糬～～」，奔去救他。

「那隻……應該就是貘吧？」

「而且牠脖子上還掛著牌子寫『守護獸』……」

確實，剛剛乘著微風飄進耳裡的植物低語說，若想進去若葉沉睡的水晶宮，必須先打倒「騎士」跟「守護獸」。也就是說，這隻貘是必須打倒的對象之一——守護獸。

我們三人心領神會地朝彼此點點頭，一齊朝那隻野獸撲去，想要抓住牠。

但貘也是拚上性命，像個逃跑的小孩，邊狂叫「拔——庫～～」邊在我們手臂間的縫隙穿梭逃走。

混帳貘！看起來傻愣愣的，跑得倒是很快嘛！

「……嗯？」

這時，突然一陣天搖地動，從遠方傳來地鳴。

「喂，像是會出現在某水管工人遊戲裡的食人植物，從後面成群結隊地衝過來了！」

「咦咦咦咦咦咦！」

啪喀、啪喀，長滿銳利尖牙的食人草莓，像是打算把我們咬爛似地，嘴巴一開一闔，以驚人速度跑過來。

情況變化速度太快，根本搞不清楚發生什麼事，但如果沒能順利跟上事態發展，立刻就會死翹翹了。

明明是個夢幻的狹間，卻並非容易生存的世界呢。

「是要排除侵入者嗎？要是被那東西吃掉，大概就是死路一條。」

「真紀，妳的染血橡實爆彈呢？」

「還有最後一個！」

好，我將最後的希望——最後一顆染血橡實爆彈使勁丟出去，食人植物們大爆炸。

燒得這般旺盛的熊熊營火，也不是隨便就能看到呢！

「啊～～哈哈哈！你們以為能夠贏過淺草的無敵女英雄茨木真紀大人的超強火力嗎？我要把你們做成草莓果醬，每天早上塗在麵包上吞下去！燒吧～～燒吧～～」

「真紀得意的笑聲整個停不下來耶。」

「說什麼果醬，看起來都要燒成木炭了……」

但這場爆炸似乎太過劇烈。

腳下的地面驟然扭曲歪斜，拼圖片形狀的紅磚道匡啷匡啷地崩解。

「咦、咦、咦？」

「要掉下去了！」

不，這不是掉下去，而是被崩毀的地面吸進去，因此就連烏鴉形貌的影兒都逃不過。

我們就這樣摔進漆黑的地底世界之中。

「——啊。」

等我回過神，才發現自己在一座像是於遙遠過去就遭世人遺忘的古老聖堂中。

從牆壁與天花板上的莊嚴彩繪玻璃，透進色彩繽紛的光輝，灑落在這座廢墟內。

我躺在聖堂的祭壇上，全身都是玫瑰花瓣。

「咦？為什麼我會穿著這種輕薄的白洋裝？」

適合聖堂的清純聖女風格，到底是誰的喜好呢？

「咦？馨和由理都不在，還有影兒跟小麻糬也是！」

我以四肢爬到祭壇邊緣，戰戰兢兢地探頭窺探下方，但果然一個人也沒瞧見。他們沒有掉到這裡！

不知為何，這裡只有我一個人。

「歡迎光臨，茨姬。」

這時傳來喀噠喀噠的皮鞋聲，從聖堂深處的陰影走出一個男人。

是我之前的眷屬——凜音。他眯細雙眼，嘴角掛著不懷好意的笑容。

「……凜，是你招喚我來這裡的嗎？」

「是呀，茨姬，藉著利用繼見若葉。」

「你以為這樣說就能激怒我嗎？但你主動承認這種事時，通常事情並非如此吧。」

我身手俐落地從祭壇下來，白洋裝裙襬翻飛搖曳，踏下最後幾階石梯。

我赤腳踩在地面茂盛盤繞的荊棘上，一步一步朝凜音走去。

「凜音，是你把若葉關在這裡的嗎？不，不是吧。我是不曉得你在哪裡認識若葉，但這個空間能感受到若葉強烈的意志，就像是願望一般。」

「呵呵，正如妳所想。我只不過是幫忙構築狹間罷了。那個小女生自己把夢獻給貘，刻意把自身關在這裡，等待哥哥帶著真實答案來接她。」

「真實……嗎？不過，若葉有可能會因此而死。」

「那是理所當然的吧。要獲得自己渴望的事物，就必須要有相對應的覺悟。那個小女生擁有那樣的決心。」

「……」

我皺起眉頭，腦海中閃過無數念頭。

不過，這件事是他們兄妹倆必須自己決定的事。

要說有什麼我能做的，就只有從旁協助他們找出能夠接受的結論。

「話說回來，凜，你是這個狹間的騎士嗎？」

「啊？騎士？」凜音不屑哼笑，傻眼地回答：「之前也有個傢伙講過同樣的話呢。」

我搞不清楚他的意思，不過……

凜音的臉色比平常還要蒼白。

「若葉似乎在一個叫做水晶宮的地方，聽說想救她，必須先打倒『騎士』和『守護獸』。既然你說你是騎士，我就要在這裡打倒你。」

凜音聽了，雙眼微微閃出光采。

「好啊，求之不得。」

他臉色依然蒼白得好似需要補充鮮血，卻仍出聲贊同。

這傢伙真的是很熱愛戰鬥。

「你雖然是騎士，卻連個坐騎都沒有耶。」

「馬嗎？一定要有馬才能當騎士嗎？」

他表情認真，一副真的要去找匹馬來的模樣。我搖搖頭說：

「算了，外觀應該沒差，乍看之下也像是一位銀髮騎士……那麼，一決勝負吧，凜音。」

「要是我贏了，茨姫就是我的眷屬。妳有異議嗎？」

「你從之前就一直提這件事呢。好呀，可以。但要是我贏了，就要你……嗯……對了，告訴我關於那隻『貘』的事情。」

「哼，可以。」

接著，他將插在腰際的刀，遞了一把給我。

我將凜音給我的刀拔出刀鞘。閃著柔和光芒的銀白色刀刃上，映照出我那雙晃動著赤紅色靈力的眼睛。我閉上雙眼，接著……

「來吧，一決勝負！」

茨木真紀VS凜音！

雖然沒有響徹雲霄的銅鑼聲，但刀刃相交激盪出的火花，妝點了我們這場戰役的開幕。

凜音的刀法依舊乾淨俐落，憑著自信與技術，不停施展針對茨姬所策劃的凌厲攻勢。

「呵呵……凜音，真有一手耶，全都朝我的弱點進攻。」

「當然，我早就看穿妳的刀路。」

金屬撞擊聲在聖堂產生巨大回聲。

凜音俐落劃過的刀鋒才像是擦到我的脖子，我就輕巧一旋身，在長髮遮掩下突如其來地給他一擊，卻被他閃了開來。

在遙遠的過去，千年以前，我們也經常像這般比劃。雖然以比劃來說，那股「殺意」倒是過於真實了。

不過，我一次都不曾輸給他。

原因並非是凜音比較弱，只是，他……

「欸，凜音，一邊打一邊講就可以了。告訴我，你跟若葉是怎麼認識的？」

「我只是在追那隻貘，途中剛好遇上繼見若葉。那隻鵺化為人類混進一般家庭裡，我想事情可能會往有趣的方向發展。」

「騙人，難道你早就發現由理還是妖怪嗎？就連我都一直沒有發現耶……凜，你果然很厲害。」

我真誠地稱讚他，結果凜音臉色一變，莫名惱怒起來。

他和影兒與阿水不同，從以前就不喜歡被稱讚，這也是凜音的特色。

這種時候，他的刀法會微微變得凌亂。

我們講話的同時，手裡仍是忙著持刀互砍，以性命相拚。

「哈，一切都是那隻鵺太傲慢造成的結果。欸，茨姬，話說回來，妳覺得真正的繼見由理彥跑去哪裡？」

「真正的……繼見由理彥？」

「沒錯。那個家裡直到某個瞬間之前，確實有個名叫繼見由理彥的長男存在。但是鵺為了混進那個家，把真正的繼見由理彥吃掉了。」

「……」

我不禁睜大雙眼，連眨都不眨一下。

由理——不，鵺把真正的繼見由理彥吃掉了？他吃了人類？

「不、不可能……但是……」

這樣一來，那般精巧的喬裝技術也就能說得通。

畢竟他和若葉身上確實有兄妹的氣味在。我一直認為，那是從相同父母身上獲得的、在體內流動的血液氣味。

如果是吃了人類，將人類肉體的各種資訊轉化為自己的喬裝之術……

「繼見若葉明明知道自己哥哥並非人類，卻仍是將他當作兄長愛慕，我一直覺得她有點可憐。就因為想要了解哥哥，那個小女生可能會因此失去他。」

我並非不清楚真面目遭到揭穿後的妖怪末路。

多年來都沒能發現由理的真實，我實在對自己很生氣。

但那個家……由理肯定，已經……不能……

「！」

在我陷入自己的思緒時，凜音乘隙攻擊我的後背。

「結束了，茨姬，是妳輸了！」

他打算揮出決定勝負的一擊，可是——

「真的是這樣嗎？」

我揚起嘴角，用腳尖咚咚踢了原本腳踩的地方。

下一刻，一直赤腳踏著的荊棘，突然彈離地面，高高圍繞住凜音。

凜音沒注意到我剛剛一直是赤腳。趁著邊戰鬥邊談話時，我在這一帶繞圈行走，在荊棘上留下無數顆小炸彈。名為神命之血的炸彈。

「──欸。」

凜音腳下的地面崩塌，留下一個圓形大洞。果然也是像拼圖片一般，喀啦喀啦地紛紛散落。

我低頭朝下方望去的視線，和凜音抬頭仰望上方的目光交會。

「……凜，你以為我是誰呀？」

看著不停墜落的凜音，我臉上浮現得意的勝利笑容，如此說道。

凜音直到最後一刻，都注視著我手握刀、雙腳鮮血淋漓站定的身影。

赤紅色鮮血沿著玫瑰花與指縫，啪噠啪噠地湧出。

「……」

「哎呀，你醒啦？凜音。」

我將凜音從他摔落的地點搬過來，並讓他枕在自己大腿上。

他完全陷入昏迷狀態，但我緊握著玫瑰，讓滲出的鮮血滴入他口中，過沒多久他就悠悠醒來。

他大口嚥下含在嘴裡的鮮血，然後，睜大紫色與金色的美麗眼眸。

「茨姬，為什麼？為什麼沒有給我最後一刀？」

「沒有為什麼，畢竟你一直處於貧血狀態呀。你最近幾乎沒有吸血吧？」

我一開始就注意到這件事。因為以前也是如此。

過去，茨姬曾經將覬覦自己鮮血、主動上門單挑的獨角吸血鬼打得落花流水。那就是凜音。他身為吸血鬼，當時做為生命泉源的鮮血卻不足，身體十分虛弱。所以茨姬將自己特殊的血液分給他，同時命令他成為自己的眷屬做為交換條件。

凜音避開我的目光。

「……全都難喝死了。跟茨姬相比，每個都糟糕透頂。。」

「你太挑嘴了喔，我的血原本就比較特別。」

「哼，還不是妳害我記住那個味道的。」

「算了，你這個三男眷屬還是這麼任性。」

他的態度仍舊冷淡，但已經沒有方才那種一觸即發的銳利殺氣。

雖然凜音應該沒有接受這個情況，但現在看來，至少在某種意義上他放棄了。

過去不管我們以何種形式決勝負，凜音輸了之後就是這副模樣，真令人懷念。

他呀，在拚完勝負後都會比平常乖巧一些，很可愛喔。或許也是因為打輸感到震驚，所以暫時處於精神恍惚的狀態。

「欸，凜，我們約好了吧？要是我贏了，你要告訴我那隻貘的事。你為什麼要追那隻貘呢？

難道那天船在隅田川爆炸的事……跟你有關係嗎？」

「我只是在追狩人，順便輕輕敲一下他們的船而已。」

「狩人？你跟狩人有關係嗎？」

這樣說來，凜音以前也在知曉狼人魯和狩人關係的情況下，幫了魯一把。

難道，凜音一直在幫助那些遭狩人抓起來的妖怪……？

「哼。那些出於個人利益捕捉妖怪販售的傢伙，我看了就不爽。畢竟他們從以前開始，就抓了數不清像我這類種族絕滅、美麗又有力量的妖怪，令人憤恨。」

「我有點分不清你是在打抱不平，還是在自我吹捧耶？」

「……茨姬，那些傢伙跟陰陽局完全不能混為一談。總之，他們是極為危險又殘忍無情的存在，跟正義這兩個字八竿子打不著，就只是在做生意。而且他們的魔手已經伸進淺草。」

「之前我似乎也聽過這種說法。」

「這次雖然只是貘逃跑而已，騷動的規模很小，但下次就不曉得會怎麼樣。他們或許會因這次契機，而對淺草妖怪產生興趣吧？要是他們在過程中曉得茨姬的存在……對妳產生興趣的話，我會很困擾。」

「哎呀，難道你是在擔心我嗎？」

「……啊？」

我原本只是隨口問一下，但凜音臉上又浮現難以形容的複雜神情。

下一秒，他驀地抬起原本靠在我大腿上的頭，刻意望向一旁。

「茨姬，妳少自抬身價，我只是想將妳的鮮血一滴不剩地全都據為己有罷了。這樣一來，我就沒必要再長年受空腹之苦，或是逼自己去喝那些難喝的血！」

「哦～算了，這也算是真心話。可是……」

難道你一直以來採取的行動，其實全都是為了我嗎？

第一個這麼說的人是馨。

狼人魯的事件，還有在京都的時候……全都是為了將我的真實告訴馨，按部就班精心安排的行動。這件事本人絕對不會承認吧，可能也只是我自我意識過剩，或是心中如此希望……

「可是呀，凜。你在那時候代替我，把我絕對不會跟馨說的事情告訴他——把真相告訴他了吧？」

「……」

「謝謝你。因為這樣，我也才能夠好好面對自己的謊言，好好面對馨。」

對於這件事，凜什麼也沒回答，只是繼續望著一旁。

但他的視線微微上移，凝視著從聖堂天花板上花朵圖案的巨大彩繪玻璃灑落的光線。

「……將鮮血分給輸家，同情心氾濫這一點，可說不愧是茨姬的轉世。但茨木真紀，我可還沒有認同妳。」

凜音霍然起身，拿起擺在一旁高處的外套披上，並將兩把刀插回腰際。

「凜，你還會來見我嗎？」

「……嗯，直到打贏妳為止。」

接著，他威風凜凜地轉過身，走出這座聖堂。

過一會兒我也離開聖堂，發現這裡是在一座小山丘上。

晴朗藍天中飄浮著波浪狀的彩色雲朵，恬靜如畫的景色映入眼簾。

咦？不知不覺我身上的穿著又變回原本的模樣。

剛剛那件白洋裝，果然是那座聖堂限定的嗎？我心中暗暗感到不可思議。

「真紀！」這時馨跑上山丘，在他頭上方，影兒正啪噠啪噠拍動翅膀。

「你們沒事吧？」

「沒事。才剛抓到那隻貘，成功逮住守護獸了。」

馨原本抱著那隻用繩索綁住的黑白色小獸，現在則拎起牠的後頸拿高。

這是我們剛剛沒抓到的那隻貘。

短短的四隻腳偶爾會揮舞掙扎，但還算是聽話。

「其實我們剛剛跑進『菇菇森林』裡。」

「菇菇森林？哦，我是待在古老聖堂裡。菇菇森林聽起來有好多東西吃，真好。」

「哪裡好！我可是踩到毒菇，中毒了耶。」
「哇，真像是你會遇上的悲慘情節！」
「而且這隻貘還吃了紅色香菇，變得有夠巨大。」
「咦、咦？」
好像有個遊戲就是這樣設定吧？我暗自這樣想時，影兒一臉興奮地對我說：
「總之是個超危險的地方，而且還是隻超危險的貘。不過沒有馨大人辦不到的事。馨大人坐上我的後背，逃離香菇陷阱，展開華麗絕倫的空中戰，用精巧的結界繩索將那隻貘團團圍住，輕輕鬆鬆逮住牠喔！真是一場攻防精彩、宛如英雄般的戰役。」
「呵呵，沒有啦，影兒，沒什麼了不起的。」
馨受到影兒大力吹捧，心情看起來不錯。可是他像英雄般活躍的帥氣場景，我連個影子也沒見著，只能「喔」地淡淡應一聲。
「這樣說來，馨，你說剛剛因為毒菇中毒，有怎麼樣嗎？HP銳減到變成紅色的了嗎？我不要你死掉喔！還是要喝我的血？」
我更在意的是這件事，擔心到都想立刻咬破自己的手指。
「妳等一下。」馨立刻抓住我的手臂阻止。「已經沒事了。影兒有找到解毒的藥草。這裡是植物世界，既然有毒菇，肯定也有中和毒性的藥草。影兒一直有在跟阿水好好學習藥草的知識喔。」

「哦，影兒，很厲害嘛！我一直認為你只要肯做，就一定做得到。沒人能再罵你是沒用的烏鴉了。」

「哇，馨大人和茨姬大人稱讚我！」

在意想不到的場合體認到眷屬的成長讓我很開心，和馨一起摸摸影兒的頭、翅膀和嘴巴。

回去後也得好好誇獎一下阿水，他有認真把重要的知識教給弟弟眷屬影兒，而影兒也用心學習，在關鍵時刻救了馨。

此外，凜也是。

畢竟以結果來說，他的確是透露了相當多資訊給我們。

「真紀，妳全身是傷耶。發生什麼事？啊！腳！妳的腳，怎麼全都是血！」

馨注意到我身上的細小傷口，慌慌張張地掏出手帕。

「不用擔心，馨，只是被玫瑰的荊棘刺到而已。」

「妳剛剛是跟玫瑰怪獸對戰嗎！」

「什麼玫瑰怪獸啦。沒有，是凜。他是這個狹間的『騎士』。我在古老聖堂中遍地蔓延的荊棘上和他對戰。」

影兒失聲驚叫：「什麼？凜音嗎？」激動地在我們頭上不停轉圈圈。

但馨似乎立刻領悟是怎麼一回事，只是淡淡回應「這樣呀」，從口袋掏出大量ＯＫ繃，貼得我的腳滿滿都是。

居然隨身攜帶ＯＫ繃，該說這很像馨的作風嗎……

「所以咧，贏了嗎？」

「當然。只是，那傢伙沒能完全服氣就是了。」

我眼神微微垂落，輕輕笑著。

「看起來他還難以對我敞開心房，不過跟之前相比，似乎更能講上幾句話。凜也是……肯定是在這輩子持續做自己能做的事。」

即使，現在他還不肯回到我的身邊。

但感覺上，我們放眼的未來或許是同一個。

「對了，真紀，我們剛剛稍微繞了一下這個空間，果然是相當不穩定。因為是用夢境當作材料，這裡不存在規則。我們得趕緊救出若葉逃走，我也有點擔心外頭的情況。」

「那要先找到由理才行。既然騎士是凜音，守護獸是這隻貘，我們應該已經可以進入『水晶宮』——」

「拔——庫〜〜〜〜！」

這時，馨抓在手裡的那隻貘，突如其來地發出震耳欲聾的大吼，使得夢境狹間的大地劇烈晃動起來。

簡直像在警告我們別靠近水晶宮。

馨朝我伸出手，我也回握住他，瞬間，腳底的土壤像沸騰般一團團隆起，從中長出巨大的鐵砲百合，並隨之綻放。
「天啊，又出現這種看起來就很危險的植物！」
「真紀，快逃！」
但宛如豆類藤蔓般的條狀物纏繞住小腿，讓我們摔倒在地。
鐵砲百合的花瓣順勢從頭上包覆住我們的身軀，把我們整個吞進去。
「咦、咦？唔哇啊啊啊啊啊！」
接著，鐵砲百合正如其名，使勁把我們像鐵砲彈藥般射了出去。
朝向這個世界天空的另一端！
「茨姬大人！馨大人！」
影兒即使被拋進空中，仍是化成巨大的八咫烏追趕我們兩人。
馨緊緊握住我的手臂，將我拉近他，兩人協力抓住影兒的背，才從重重摔落地面這種悲劇中死裡逃生。但是……
「……嘖，結果從狹間裡被拋出來了呀。」
正如馨所言，現在映照在我們眼裡的是淺草夜晚。天色已經暗了，所以下方淺草寺的紅色光輝，還有整排商店街的燈光與熱鬧人群，更加清晰可見。
「這是什麼？」
很快地，我們從空中發現異狀。

在進入狹間之前，它像是個受到彩虹顏色氣流圍繞的蛋。但飄浮在隅田川上空的球形狹間，現在上頭已經覆滿植物，綻放無數色彩繽紛的花朵。

「這是怎麼回事？狹間裡的那些植物貫穿外殼跑到外面來，本來是不可能發生的事……」

就連狹間的專家馨都臉色發白，代表這個情況非同小可。

那個夢的狹間果然毫無秩序，原本該有的規則並不存在。

「今天是除夕夜，明明是除夕夜，結果現在這是怎樣啦。」

「搞不好就因為是除夕夜呢。」

淺草川流不息的人類們，口中呼著白色霧氣，像是什麼事都沒有發生，與身旁的家人、朋友或戀人談笑著。

另一方面，看得見這幅異象的我們，完全沒有慶賀新年的心情。

〈裡章〉由理憧憬著，卻始終無法成為人類

我的名字是繼見由理彥。

這是從已經不在這個世界上的那個人身上借來的假名。

「這裡是……？」

捧進洞裡，意識突然清醒後，我發現自己被枝幹滿是青苔的巨大樹林環繞，正站在寒氣逼人的鎮守之森（註2）中。

腳下鋪滿細碎水晶砂礫，每踏一步，都會發出清脆悅耳的聲響。

「噗咿喔～」

「啊啊，小麻糬！」

流經腳旁的小河中，坐在蓮葉上的企鵝寶寶浮浮沉沉地朝我漂過來。我伸手把他抱起來。

「你也跟我來到同一個地方呀。」

「噗咿喔、噗咿喔噗咿喔、噗咿喔～～」

他頻頻環顧四周叫個不停，肯定是因為沒看見視為爸媽的真紀和馨，才大聲呼喚他們。

「別擔心，我會帶你回到他們身邊。在那之前，我們先去找我妹妹好嗎……？」

結果小麻糬盯著我，吸了幾下鼻子嗅聞氣味。

「呵呵，你在意我的氣味嗎？你覺得我們是同類嗎？」

「噗咿喔～」

小麻糬不住點頭。

也是呢。比起真紀和馨，我大概和你更為接近。

「話說回來，小麻糬，你真的長大了耶。最一開始只是跟手掌心差不多大的小鳥……」

小麻糬原本是常常會來我家庭園裡玩的「月鶇」。

那是一種從月光中誕生，有可能會變成鵺的神祕夢幻妖怪。

大部分月鶇都不會轉變成鵺，一生都將以月鶇柔弱空靈的妖怪模樣度過，但其中有極少數會獲得喬裝能力，變成名為「鵺」的妖怪。

我也是如此。只是，像我這樣的鵺應該沒多少吧。

「啊，小麻糬，有蘋果飄過來了，你要吃嗎？」

這次是鮮紅蘋果在水裡輕飄飄地流過來，我彎下腰撿起，剛好看見小溪的水面。平緩流動的水面映照出我的模樣，是極為平常的繼見由理彥。

極為平常？

不，這個身影才是我最極致的偽裝。

我執著於喬裝成人類，終於抵達的境界。

融入人類世界，了解其歷史與生存方式，持續學習人類的情感，還有彼此之間的關係。

在這個過程中，不知不覺產生一個念頭——我想要變成真正的人類。

註2：鎮守之森指的是圍繞在神社四周的森林。

我和現在仍有些不善於應付人類的馨與真紀不同，是打從心底喜愛人類。但我會如此為人類著迷，就是因為一次也不曾真正身為人類吧。

真紀和馨是從人類變成妖怪，再轉世變回人類。

但我從出生起，一直到現在為止，都只是個妖怪罷了。

我們在樹林間前行，一踏出森林，眼前就出現一座巨大的半球形水晶溫室。

那想必就是位在這個狹間核心的「水晶宮」。

「如果我們家裡的陽光房也有這麼大，若葉應該會很開心吧。」

一走進去，裡頭宛如鏡屋一般，無數星星月亮形狀的水晶飾品從天花板垂掛而下。光線層層反射出七彩光輝，是一個透明清淨的空間。令人不可思議地感到睏倦。

我踩著水晶砂礫，在鏡屋中往前走。

嘻嘻……嘻嘻……

環繞四周的鏡子裡，各式各樣的植物竊笑著。它們正在監視。

那兒也倒映著青翠綠意、繽紛花朵、還有翩然起舞的蝴蝶們，但我能觸碰到的只有毫無生命的冰涼鏡面。

簡直像是將我和若葉隔開，不可跨越的一座牆。

「啊。」

小麻糬飛也似地跳出我懷裡，衝去追捕鏡子裡的蝴蝶，結果一頭撞上堅硬的鏡面。

「噗咿喔～？」

牠摸摸撞到的地方，一臉不可思議地歪著頭。

「很痛嗎？這裡應該是鏡子迷宮。我覺得，妹妹……若葉應該就在前面。」

我再次抱起小麻糬，靜靜往前走。

結果，從遙遠的某處傳來令人懷念的聲音。

○

『啊啊，他醒了，終於醒了，我可愛的孩子。』

某片鏡面的另一頭，出現緊緊抱著孩子屍首，哀嘆不已的一對父母。

那是——藤原公任的小時候。換句話說，是千年之前的場景。

那位父親是藤原賴忠，母親則是嚴子女王。

那個孩子原本應該在小時候死於傳染病。不，他確實是死了。

不過這一幕恰巧讓停在外頭走廊扶手上的月鶇撞見，並突然感到好奇。

自己的孩子死亡，是一種怎樣的心情呢？

留下父母離去的孩子，內心又有什麼感覺？

親子，究竟是什麼？

即便想破腦袋也無法理解，畢竟月鵺沒有雙親。

月鵺是月光的化身。從擁有自我的瞬間，就是孤獨地戀慕著月亮。

啊啊，對了……不如試著代替那個死去的孩子吧。

在這個念頭的驅使下，我乘隙吞下那孩子的屍體。

繼承他所有的記憶和身體資訊，假扮成人類的孩子。

『——啊，我的兒呀！』

那對父母見到原本以為已經喪命的孩子醒轉，高興得歡天喜地。

完全不曉得其實是妖怪吃了自家孩子的屍體，取而代之。

後來，藤原公任就如同歷史上的記載，年紀輕輕就出人頭地，效命於藤原道長，參與國家政治；還兼備和歌、漢詩與管弦這「三舟之才」，做為一位文化人士名留青史。

我這類妖怪的學習能力很強，藉著大量閱讀書籍、觀察眾多優秀人類來學習技能，並將知識和技術消化為自身能力，不知不覺中培養了出類拔萃的各種能力。

因為，人們很有趣呀。

壽命短又弱小，但正因如此，活著時累積的事物才更有意義。

眾多人類編織出的歷史，還有逐漸建立出的政治制度，以及精采的典雅文化等，全都太有魅力了。

學習這些知識、鍛鍊身體能力，我以藤原公任的身分，處在平安京的人類與妖怪之間。

如果有惡劣殘暴的妖怪加害人類，我就去找陰陽寮的安倍晴明，請他斬妖除魔。如果有妖怪遭受人類虐待，我就會去拜託好朋友酒吞童子出手相救。

我和酒吞童子是他還待在平安京時認識的，經常互相幫助，彼此意氣相投，甚至互稱對方為好友，但無論他再三邀請我：「要不要搬來妖怪們的狹間之國？」我都無法離開「人類」。

因為我領悟到在現世中，「人類」這個立場是一個決定性的存在。

人類是展現造化神妙、令人驚嘆的世間傑作。

而且，我還有另一個無法離開人類的最大理由。

當時我有一位珍愛的妻子，我不可能拋下她離去。

女兒誕生時的情景，我至今仍舊無法忘懷。我第一次獲得了在真實意義上跟我有血緣關係的家人。

女兒參加成人式時、決定結婚時，我也都無比歡喜。

親眼見到我可愛的孩子穿著禮服的那一瞬間，至今仍能清清楚楚浮現腦中。

可是……

是因為體內混了妖怪的血嗎？還是玉依姬的體質產生影響呢？抑或因為她丈夫是當時掌權者的兒子，導致精神壓力太大呢？

我女兒年紀輕輕就過世了。

那時，我第一次經歷自己孩子的死。

獲知好友酒吞童子與茨木童子的死訊時，我也因無力感而頹廢喪志，靜靜憑弔他們。但女兒死去時又不同了，像是全身都要被撕裂般疼痛。

這就是父母失去自己孩子時，那種痛心疾首的心情嗎？

沒能阻止討伐酒吞童子的計畫，女兒也過世，後來又遭深深信賴的人類背叛，被捲進醜陋的權力鬥爭……

我親眼見識人類醜惡的一面，失望與空虛日漸侵蝕我的心，終於選擇結束政治生涯，出家躲進深山理，就這樣在完美掩飾了妖怪真面目的狀態下，結束身為藤原公任的一生。

後來，我偶爾仍會隨興所至地假扮人類、隨興所至地幫助人類，持續守護著平安京。

不過，我似乎不擅長遺忘。

每當月亮特別明亮耀眼的夜晚，失去好友的憂傷、失去女兒的悲痛就會浮上心頭。偶爾我會變回原本的妖怪姿態，流淚思念他們。

那個啼哭聲……不，啼叫聲，似乎令人類感到不安。

某天，我以「鵺」的形貌被人們追捕，遭源賴政一箭斃命。
那把弓過去是他祖先退魔武將源賴光的所有物。
真是的，自己居然也被當年他們討伐酒吞童子時用過的弓箭射中。
真是的，無論過去為人類多麼盡心盡力，到頭來妖怪仍舊逃不過被人類傷害的命運。
不過，其實鵺並沒有死。
鵺可是擅長喬裝的妖怪，我只是假扮成「屍體」裝死。
人們害怕遭到報復，因而建了一座鵺塚，將我扮成的「屍體」封印在裡頭。
我對於喬裝成人類已感到疲憊，也沒有東西能夠失去，沒什麼好害怕的。
對於世間愚蠢人類的鬥爭，我厭惡透頂，被封印的期間只是靜靜待在裡頭。
什麼都不想思考，也不想再次經歷悲傷。
在沉默的岩石中，暫時待一會兒吧……
有一天，封印突然解開。我再度進入外頭的世界，又必須假扮成某個人生存下去。當時是明治初期，距離遭到封印，已經過了很漫長的一段歲月。

○

「從鏡子裡回溯自己的過往，總覺得有些不好意思耶。而且直到最後都死不了，只是遭到封印而已。」

站在水晶宮的鏡子前，我不禁嘲諷地笑了。

沒想到千年前的陳年往事，會以這種形式攤在陽光下。

在鏡子另一頭的睡美人，看到我這些一點也不有趣的經歷，開心嗎？

「噗咿喔～？」

小麻糬用翅膀拍打我的臉，表情顯得十分不安。

「啊啊，抱歉，我們走吧。」

我邁步向前。

鏡子繼續毫不留情地展露我的記憶。

○

『哇啊，不好了，這隻小鳥受傷了。』

『真的耶，得幫牠擦藥才行。』

如今再聽見這個聲音，我的淚水幾乎要奪眶而出。

那是繼見家夫婦的聲音。

直到今天早上，我還叫他們爸爸、媽媽的兩個人，剛結婚時的事。

我碰巧以小鳥姿態在空中翱翔，卻遭到正在巡邏的退魔師式神攻擊，摔進繼見家的庭園裡。

當時媽媽恰好在打掃庭院，她發現受傷的小鳥，便和爸爸一起照顧我，幫我擦藥，還餵我東西吃。幾天後，再將我放生回天空。

「要保重喔～」

「再來玩呀。我們家有很多樹的。」

跟現在一樣親切溫和的繼見夫婦，對一隻只是萍水相逢的小鳥，如此真誠地關心，目送牠回到天空。

千年前，我曾對人類失望，疲憊不堪，但見到這般善良溫煦的人們，我發現自己仍舊對人類充滿興趣。

後來，我也常常回到繼見家的庭園，只不過是以人類看不見的妖怪鵺的模樣。

那對夫婦生了兩個小孩，一個男生一個女生。

兩個孩子日漸成長，我一直遠遠守望著他們。

哥哥由理彥喜歡惡作劇，又害怕爸媽被年幼的妹妹搶走，心生忌妒，經常欺負妹妹。雖然能理解他的心情，但真是個讓人困擾的哥哥。

另一方面，妹妹若葉是個有些傻乎乎的文靜小女生。她自從快滿兩歲起，就經常在檐廊上凝視著庭園。

不，不對。她並不是在看庭園，而是在看庭園中的妖怪們。

我也經常被她望著。

這樣呀，這個孩子是「玉依姬」的體質，跟我從前的女兒相同——

「若葉，怎麼啦？」

那是秋季的某一天。

若葉在季節轉換時生病，媽媽一直守在身旁照料她。

她躺在被窩裡，我趁媽媽去拿藥的短暫空檔，走近年幼的若葉，在她身旁坐下。

我有點擔心，想試試看能不能用術法消除她的不舒服。

她還那麼瘦小，那麼惹人憐愛。

只要望著若葉，過去我的女兒剛出生時的情感就會湧上心頭。

「午安，初次見面……才怪，對吧？」

我溫柔地向她搭話。

若葉雙頰泛紅，眼睛僅能睜開一條細縫，手朝我伸來。

我想也不想就緊緊握住那隻伸來的小手。

過去藤原公任的女兒，也是容易遭靈氣衝擊的玉依姬體質，經常臥病在床。每次我都是像這樣握著她的手，溫柔低哄：

「沒事的，我會一直陪在妳旁邊喔。」

此刻，我不由得脫口說出同樣一句話。

若葉似乎是聽見了，露出淺淺的微笑。

那副神情太過令人懷念，又極為惹人憐愛，我幾乎快按捺不住想哭的衝動。然而，我無法用言語描述這份心情究竟是什麼。

對於已逝女兒的思念，簡直像是遭到詛咒附身一般。

那份痛楚逐漸被療癒、慢慢消融。

但因為我全副精神都放在這份溫煦柔軟的心情上，沒有留意到另一個孩子的行動。

——啪唰。

像是重物掉進水裡的聲音響起。

令人戰慄的預感從背後襲來，我慌忙回過身，走到檐廊。

「……啊……」

暮蟬鳴叫不已，接近黃昏的時間。

那是長男由理彥。

池塘水面上漂浮著鮮紅色血液，還有為數眾多的花朵。

「由理彥！」

我手忙腳亂地將那個孩子從水池中拖上來。

但那雙眼眸已經沒有光彩，頭上有個巨大的撞擊傷口。

池塘旁邊有一棵高大的楓樹。我經常坐在上頭的那棵樹。

樹下有一圈堅硬岩石環繞在池塘周圍。由理彥肯定是爬上那棵樹後，失足摔了下來，頭部狠狠撞上正下方的岩石，接著跌落水池中。

「怎麼會……怎麼會……」

我眼前一片空白。

一個孩子死了。

我的恩人，那對夫妻的孩子。

由理彥確實調皮，至今也常常遇上危險場面。

而且他很愛撒嬌，應該是想藉此吸引老是陪著妹妹的媽媽的注意力吧。

不……不對。

花。許多花朵散落在池面上。由理彥剛剛肯定是在庭園裡摘花。

他是想拿花去安慰若葉嗎？

他會爬上楓樹，一定也是想去摘取高處已經染紅的葉片。他的手裡，仍緊緊握著楓葉樹枝。

「……真可憐。」

對不起。太可憐了。真對不起……

我緊緊抱住那個孩子，內心一點一滴地失去溫度。

拯救過我的那對溫柔夫婦，發現自己小孩過世時，會有什麼感受呢？

肯定會很哀痛。深陷自責與無盡的懊悔。

我長久以來都受到那些情感折磨。

「……」

那種痛苦令人難以承受。

突然，一個念頭閃過我的腦海。

簡直就像天啟般從天而降，我的下一段人生。

對了，我可以吃掉由理彥，汲取他的記憶和身體資訊，完美地假扮成他，繼承他的人生。

連自己都感到驚訝，我竟然毫無一絲猶豫，就這麼抱著那孩子的屍身，將他納入自己體內。

是的，我吃了他，而且悄悄地變化。變成名為繼見由理彥的人類——

「由理彥，你跑進池塘裡做什麼！」

聽到呼喚這個名字的聲音，我回過頭。

我第一次透過由理彥的雙眼凝視著媽媽。她一臉擔心地又呼喚我一次。

「由理彥，不能連你都感冒。」

「對不起。我想摘花給若葉，希望能讓她退燒，結果把花都掉進水池裡了。我現在就上去。」

我將池面上由理彥摘的花，還有想拿給若葉看的楓葉樹枝，一個不剩地收集起來，爬上庭園地面。

在媽媽慌慌張張跑去拿浴巾時，我將水珠閃耀著光芒的這束花，擺在若葉的枕頭旁。

「要早點好起來喔。」

我朝昏沉沉望著這個方向的若葉，輕聲這麼說。

她聽了臉色就逐漸好轉，不久便沉沉睡去。

「由理彥，快點去換衣服，要穿暖一點。你看，身體變得這麼冷。」

媽媽拿著浴巾和乾淨的衣服過來，擦拭我濕透的頭髮和身體。

絲毫沒留意到，我已經是別的存在了。

儘管如此，我完全不認為她是個糟糕的媽媽。

不過……要是有一天，這麼溫柔體貼的人知道真相，肯定會深深受到傷害、一病不起吧。

所以，我絕對要堅守住這個祕密。

貫徹繼見由理彥的人生。

就這樣，我成為繼見家的一員。

令人驚訝地，我還在幼稚園與昔日好友馨跟真紀重逢。

就連他們都對我是人類這件事深信不疑，我也沒有告知真相，繼續以人類小孩的身分，度過如作夢般快樂的每一天。

明明是繼承了悲慘死去的男孩人生，但我甚至都快忘記這回事，感覺像是變成真正的繼見由理彥。

我會一直持續偽裝，或許就是因為暗自抱著這種希望吧。

或許是太想要繼續作夢了。

彷彿我也跟真紀和馨一樣，轉世變成人類……

曾經救過我的命，於我有恩的雙親。

與昔日女兒相仿的妹妹。

我又能再度做為一個人類，去愛自己的家人，也為他們所愛。我一直作著這個夢。

無論經歷多少次失望、多少次責怪自己愚蠢，我依舊是如此思慕人類，無法自拔。

○

「噗伊喔～噗伊喔～」

小麻糬不停叫著。他的聲音猛地拉回我的神智。

「抱歉，我恍神了。」

小麻糬開始唉唉叫了。真紀和馨不在，他太寂寞，差不多到忍耐極限了吧。

看著他那副模樣，我內心略微浮現不安。

「小麻糬，你有一天也會想要變成那兩個人真正的小孩嗎？」

腦中一閃過這個想法，胸口就驀地揪緊。

我將叫個不停的小麻糬緊緊抱在胸前。

「可是呀，那是沒辦法的喔……果然是不可能的。真對不起。」

對不起，對不起……

無論多麼精巧喬裝，無論多麼努力扮演能獲得愛的那個身分，仍舊沒辦法真正變成那個人。

『你是誰？』

有一個聲音突然發問。我猛地抬起臉，看向鏡子裡。

鏡面上倒映著我的身影，但並非只有一個人。

右邊是藤原公任。

左邊是我在被揭穿是妖怪前，身為繼見由理彥的模樣。

不光是這樣，至今我假扮過的那些人，全都在嘲笑我。

『那麼，真正的你在哪裡？』

我……

『話說回來，「真正的你」這種東西存在嗎？你只是一直借用其他人的人生，根本就沒有自我吧。』

『不，你是繼見由理彥。這樣不就得了嗎？像過去一樣，繼續欺騙深愛的家人、繼續偽裝，平穩過日子就好啦。』

『不行。那樣做只會讓重要的那家人身陷不幸而已。』

『沒差吧。既然你想待在那裡，只要向已經察覺的若葉施展言靈，讓她再次認為你是真正的哥哥就好了，根本沒必要告訴她真名。』

這些傢伙在胡說些什麼呀？

我當然也希望這樣。希望能跟家人繼續愉快地一起生活。

為了這個願望，過去的我什麼都願意做。可是……

「粉碎吧，過去的我。」

我在短短一句話中，置入強烈的意念，宣告出聲。

言靈化為鋒利的刀，擊碎鏡中的自己。

鏡面破裂的尖銳聲響不絕於耳，但我只是緊緊盯著前方。

事情出乎意料地容易，是因為我心中已有答案吧。

「……走吧。」

我快步在迷宮中前進，沒多久就跑了起來。因為我捕捉到了，原本絲毫察覺不出的若葉靈力氣味。

大概是植物們所說必須先打倒的「騎士」和「守護獸」，真紀和馨幫我解決了吧。

謝謝，我的好朋友。

一跑出鏡面迷宮的盡頭，就是水晶宮的正中央。

那裡有一座湖泊，湖面上方有巨大柳樹搖曳著，湖畔形形色色的植物茂盛伸展，就如同剛剛映照在鏡裡的那樣。

而湖泊正中央，在漂盪花朵們的簇擁中，漂浮著若葉的身影。

「若葉！」

我急忙踏入湖中，劃開水面趕往她的方向。

這個場景，似乎再現了由理彥過世時的情景……

但她是在日照充足的場所，沐浴在新鮮植物的靈力中，躺在暖和的清水搖籃裡，舒適放鬆地作著漫長的夢。

「奧菲莉亞一直在等你喔。」

「所以，真正的名字，真正的名字——」

花朵們不住低語。這裡是以若葉的夢境和植物為材料，建構出來的狹間。

要從這裡把若葉帶回去的方法，只有一個。

就是實現她的願望，她懇切的夢想。

她說過，想要知道真正的我。

「噗咿喔～」

原本坐在我頭上的小麻糬，興奮地從頭上跳下來，啪沙啪沙地在溫暖的湖裡游泳。不愧是企鵝寶寶。

我將水面漂盪的花朵收集起來，蓋在他的肚子上當棉被後，一轉眼他就進入夢鄉。

原來如此，這座湖泊是令人沉睡的地方呀。

確實，這裡讓人十分放鬆。

金黃陽光和煦照耀，溫暖得讓人幾乎要流淚。簡直就像繼見家一樣。

若葉就躺在水面上的花朵絨毯正中間，擁有花瓣形狀翅膀的小蝴蝶在她身旁飛舞，守護著沉睡的她。

與其說是奧菲莉亞，更像個睡美人。

我凝視著她的臉蛋，將沾到臉上的髮絲撥開，輕輕摸她的頭。

「若葉……起床了。」

我就像平常的早晨出聲喚她。

她很快地張開眼睛，但只應一句「我還要睡～」，就用手臂遮住雙眼，又昏睡過去。我見狀忍不住輕笑出聲。若葉還是跟平常一樣愛賴床。

「不行喔，妳差不多該學會自己起床了。」

「……」

若葉抬起遮住雙眼的那隻手臂，看見我以後，慢慢將眼睛完全睜開。

因為我已經不是用繼見由理彥的姿態出現在若葉眼前。

她也察覺到了這一點吧。

「你是誰？是哥哥嗎？」

「不，我不是若葉的哥哥。」

「……你胡說。」

若葉坐起身，直直望著我，頻頻搖頭。

「對我來說，哥哥就是哥哥喔。」

「為什麼妳現在又這樣說？明明是妳自己說我不是哥哥，說想知道我是誰。」

「不是……不是這樣，哥哥。我是因為就算哥哥其實是不同的存在，也想要好好接納你，才想要知道的喔。我只是討厭要繼續裝作不知道。」

「……」

「一直都不曉得你真正的樣子，這太寂寞了。哥哥，你也是吧。」

若葉。

明明剛剛還是我平常很熟悉的那個妹妹，還撒嬌著賴床。

現在卻用堅定的目光望著我。

「欸，哥哥，你是什麼？」

「我呀，是妖怪，不是人類。」

「妖怪，到底是指什麼？」

「……就是妳經常感覺到的那些東西呀。」

「你過去常看的那些嗎？」

「嗯，畢竟我也跟他們相同。」

每一句話，都是我喬裝的外皮。

那層外皮一點一滴脫落。對我這種妖怪來說，這件事有致命的嚴重性。

但不可思議地，感覺並不壞。

將自己真正的樣貌，告訴重視的人。

「我呀，就是個想要變成人類、有很多想要東西的平凡妖怪。」

「……你想要什麼呢？」

「家人。」

「那你不是已經擁有了嗎？媽媽、爸爸，還有我。我們都很喜歡哥哥、很重視你喔。就算你不是真正的哥哥也一樣。就算你是從那個時刻起，突然替換成的哥哥也一樣。」

「這樣呀。若葉……那時候的事情，妳還記得呀？」

或許我太過小看她。

她沒有忽略十年前的那個瞬間。

而且收在心底某處，一直記著。

「若葉，我告訴妳我真正的名字吧。到今天為止，我使用過許多不同的名字，但是，我真正的名字只有一個。」

水面上有一朵勿忘草靜靜漂過來，我伸手拿起，動作輕柔地將它靠在嘴邊，沒甩落一滴上頭閃閃發光的水珠，再遞給若葉。

若葉疑惑地接過。勿忘草上的水珠反射陽光，照亮她的手。

宛如在流淚的花兒一般。

我用另一隻手輕輕包覆住若葉的那隻手，與她四目相交。

「我真正的名字是夜鳥。誕生於黑夜的鳥兒……名叫鵺的妖怪。」

這句話，是最後一層偽裝的外皮。

是解開我施在自己身上最極致變化之術的那把鑰匙。

映照在若葉眼底的我，已經不再是過往的模樣。

白色羽毛輕飄飄地在空中飛舞。

身穿白銀狩衣和展現出星體運行的透明羽衣，月光色的頭髮，還有淡淡翠玉色的眼眸……最後是，後背伸展出一對白色羽翼。

沒錯，這就是鵺這個妖怪原本的模樣。

「哥……哥哥？」

若葉的神情極為迷惑，瞪大雙眼，一眨也不眨地盯著我。

我吃掉繼見由理彥的肉體，驅使高難度的「變化之術」徹底化身為他，不讓任何人發現我其實是妖怪。

但這個術法是有代價的。一旦讓親近的人得知我的真名，屆時「我的存在」就會從對方的記憶中全部消失。

一同度過的時光、回憶，全都會遭到改寫。

因為我這樣的存在，對於過去一直蒙在鼓裡的人類來說，就像是詛咒一樣。

絕對是個難以接受的存在。原本就不應該出現的存在。

一旦知曉真正的我，忘記一切對他們更好。

「來，若葉，再繼續睡吧。以後就算沒有我叫妳，妳也可以起床了吧？」

聽到這句話，若葉面露驚詫，似乎領悟了什麼。

真是個敏銳的孩子，同時也代表她是如此了解我，過去是如此關注我。

「早上醒來之後，要先去庭園，徹底沐浴在朝陽下，然後深深呼吸新鮮空氣，跟花兒們講話，幫它們澆水，植物精靈會好好守護妳。然後，要跟媽媽和爸爸說新年快樂喔……還有，那個孩子的事情，妳也要好好想起來。」

「等一下、等一下，哥哥……到時候，你就不在我身旁了嗎？」

若葉一副快要哭出來的表情，用顫抖的聲音不停喊著「等一下」。

「這樣太奇怪了、太奇怪了，我只是想要更了解哥哥而已。只是想要知道你真正的名字而已。只是想要告訴你……就算是這樣……你還是我的哥哥……而已……」

這幾句話，又令我胸口一緊。

我作夢也沒想到會聽到這些話。

「只是這樣而已。為什麼……？難、難道，是、是我，我的夢，還有任性，把哥哥從那個家趕出去了嗎？」

「不是喔。不是這樣，若葉。這是我這個妖怪自己設下的規矩，也是我的自尊。必須離開繼見家的那天遲早會來，只不過，那就是今天而已……」

但若葉神情絕望地搖搖頭。

她眼淚撲簌簌地掉落，一直說：「對不起、對不起，我不應該問的。」

真是讓人操心的妹妹呢。

「若葉，我呀……妳發現了真正的我，我真的打從心底感到高興喔。」

我原本一直以為沒有任何人看穿我。

就連真紀和馨，過去都相信我跟他們一樣是人類。

可是，我錯了。若葉很厲害喔。

「妳發現了真正的我，接納了我的謊言，謝謝妳。只是，妳就快要忘記我了。」

若葉應該也感覺到了，自己的記憶正逐漸遭到改寫。

她手按著頭，混亂地頻頻搖頭，努力抵抗襲來的睡意。

「不可以。不可以這樣。我不睡……你明明說會一直陪在我身旁！」

「……若葉。」

「絕對不可以！我絕對不會忘記！」

若葉用盡全力說出想對我說的最後一句話。

「就算我忘了，也絕對、絕對會想起哥哥的事……我會去找你的！」

「……」

謝謝。光有這句話，就讓我非常開心。

我輕輕地掩住若葉的眼睛。

「晚安，若葉，願妳有個好夢。」

若葉無力抵抗這句言靈，意識漸漸鬆散，纖細的身子朝我倒來。

我用力抱緊她。

我很高興喔，真的很高興若葉發現了真正的我。

想要了解我，不是其他任何人，而是真正的我。

明明這麼開心，淚水卻止不住地滑落。

若葉下次醒來時，就已經不記得我了吧。

第七章 雪花紛飛的除夕夜

——欸，真紀，妳覺得我看起來像什麼？

由理問我這個問題時，我還不曉得他的謊言是什麼。

但是呀，由理。

就連我們都無法透露，持續掩飾至今的那個重要謊言，你打算怎麼了斷呢？

「由理和若葉還沒有出來耶……」

我坐在影兒背上，從隅田川上空，低頭望著遭到植物覆蓋的巨大狹間。

從這兒就能看得一清二楚，這個狹間每隔一段時間就會吐出無數顆植物種子，飛到隅田川的岸邊，在各地冒出綠芽、快速長大、開出花朵。

聽說我們還在狹間裡頭時，外面的情況就是這樣了。

是因為組長招集了一批淺草妖怪義工，在原本應該期待歡慶跨年的除夕夜，努力揮汗割草，才沒有釀成大災難。

還有，也是因為大黑學長保護著淺草的大家。

時間已經是晚上十一點，淺草人滿為患、熱鬧非凡，完全不曉得我們在這裡苦戰。

「喂~真紀！」

原本待在河岸長椅上解析植物狹間的馨出聲叫我，於是我命令影兒在他身旁降落。

「我剛收到訊息，由理說他沒辦法從那個狹間出來。」

「裡面居然有訊號……？」

「妳看。」

馨將手機畫面遞到我眼前。

『我找不到出口在哪。

馨、真紀，救我……（哭）』

那是一封無助的訊息，完全不像由理的行事作風。

這下只好由我們去把他們救出來了！

「包覆外殼的植物比起我們剛才進去時增長不少，應該是狹間本身為了不讓若葉出來，才刻意掩蓋住出口。」

「欸，馨，現在該怎麼做？」

「我已經在那個狹間裡設置好幾個『狹間解除超狂爆彈』。為了避免誤觸引爆，得先破壞外殼，把由理和若葉救出來。不然，由理他們可能會一起被炸飛到異空間，灰飛煙滅。」

「你也太缺乏取名字的才華了吧？什麼『狹間解除超狂爆彈』呀。」

「囉嗦！真紀，那妳來取呀。」

「狹間爆殺彈。」

「根本差不多好不好！」

我們一如往常鬥嘴個沒完，同時，馨將從狹間帶回來、記滿內部資訊的靈紙排在空中，對我下達指令。

「現在我正在尋找由理的所在地。只要能知道他們在哪裡，我就會標記出那一點，再用妳『神命之血』的力量狠狠砸出一個出口。等由理他們出來之後，立刻引爆裡頭的爆彈，再驅動大黑學長幫忙偷來的淺草寺神力，一口氣解除掉那個狹間。如果錯過這個時機，就沒辦法將狹間清除乾淨。」

我曾經聽說要建構狹間這種東西不容易，但要消滅它才是最棘手的。

即使破壞之後，也會有痕跡殘留下來，能夠完全清除乾淨的術者，大概只有馨了。

正因為如此，這個世界才會留有這麼多古老的狹間。

「流程我明白了，但淺草寺神力這個講法也有點奇怪喔。」

「這樣意思很容易懂吧！」

此時——

「哦～情況相當驚人嘛。」

從旁邊傳來一道毫無幹勁的聲音，我跟馨「嗯？」地轉過頭。

「咦，叶老師！」

那兒居然站著全身包得密不透風的叶老師。

他是什麼時候來的？還一副理所當然的模樣站在我們身旁。

我跟馨都嚇得張大嘴巴，兩人同時喊「太慢了，你太慢了啦」逼近叶老師。

「應該說，怎麼現在才來？你現在才出現對嗎！」

「你要是再早一點來，就有更多辦法了！」

但叶老師仍舊令人捉摸不定。

「說什麼更多辦法，我可沒有打算要出手喔……我只不過是來淺草新年參拜，發現這裡情況怪怪的，順便繞過來看一下而已。我不會打擾，你們請自便。」

「……什麼！」

他說完就在旁邊長椅一屁股坐下，抽起菸，又轉開在便利商店買的熱綠茶喝了一口，吃起關東煮。

什麼呀，這個男人……只是來看熱鬧的嗎？

「叶老師～！由理還在那裡面喔，他是你的學生吧？見死不救還愉快地吃東西這樣對嗎！」

「咦～我還沒吃晚餐，讓我吃啦。」
「咦什麼咦！我們也都還沒吃呀。」
「啊，你們兩個！不要偷吃我的晚餐！」
我們從剛剛就一直四處跑來跑去，跟各種奇幻角色戰鬥，忙得不可開交，早就肚子餓壞了，所以立刻不客氣地搶走叶老師買來的便利商店關東煮。
「啊～熱騰騰的關東煮好好吃喔。」
「不愧是社團的指導老師，居然還帶吃的來慰勞我們……」
「惡鬼。你們這些惡鬼！」
「──我們以前就是鬼呀，有問題嗎？」
叶老師難得大聲抗議，不過我們大裝無辜，繼續狼吞虎嚥吃著他的關東煮。

「好，充電完畢了，來去大幹一場吧。」
我轉著釘棒，從河岸邊狠狠盯著獵物。
當然，獵物指的就是那個植物狹間。
「啊……喂，茨木，那些巨大的豬籠草正在吃隅田川的那群手鞠河童喔。」
「嗯嗯？」
叶先生仍舊好整以暇地坐著吃果醬麵包，伸手指向前方。從植物狹間垂下釣魚線般的藤蔓，張著血盆大口的巨大豬籠草。

那群蠢蛋手鞠河童正一隻隻攀上藤蔓，自己跑進去。

「啊啊啊～誰來救我呀！」

「會變成合成素材呀～～」

「那些笨蛋！都講過那麼多遍，要他們趕快離開隅田川去避難了！」

「馨，沒辦法啦。那個捕蟲袋肯定是散發出對手鞠河童有致命吸引力的小黃瓜香氣吧。」

「那只好請真紀大人出場了。我已經在這附近都設下隱遁結界，人類看不到裡頭，所以妳就不用客氣，盡情出手吧。」

「遵命！」

於是，我呼叫正在空中盤旋的眷屬。

影兒一降落在面前，我就俐落跳上去，單手握著釘棒趕往豬籠草的方向。

豬籠草留意到我們漸漸逼近，便使勁將藤蔓像長鞭一樣甩來，馨立刻在我們周圍張開結界牆把它反彈回去，機靈地掩護我。

「茨木童子大人～～茨木童子大人～～」

「快點過來救我們～～我們要被吃掉當材料惹～～！」

手鞠河童們向我大聲哭喊。

「真受不了……這些河童老是隨意使喚別人！」

我對準巨大豬籠草的根部，使勁揮出釘棒。

結果，那株豬籠草應聲斷裂，氣勢驚人地掉進隅田川，濺起巨大水花。手鞠河童們也趕緊逃進水裡。

「真紀！我知道由理在哪裡了！朝妳的三點鐘方向飛去，那裡開著一朵巨大的芍藥，朝它的根部狠狠敲下去！」

馨大聲向我發號施令。

我叫影兒照馨的話朝三點鐘方向飛去後，那裡果真有一株粉紅色的華麗大芍藥，正不可一世地嬌豔綻放。

我用釘棒上的釘子稍微劃破手指，讓鮮血沾上去，再毫不留情地大力往它的根部敲下去。

可是——

「咦咦咦咦咦！再生了？」

我明明用全力敲了，植物狹間卻立刻在遭到破壞的地點長出新的嫩芽，再次堵住敲破的地方。無論我試幾次都一樣。

真是令人驚異的再生能力，不愧是夢與植物的狹間。難怪由理出不來。

「看來是需要更多我的血吧。不過要是用了太多血，破壞力就會跟著提升呀。如果震盪到馨那個名字超土的爆彈就不好了……如果我擁有能進行更細緻攻擊的靈力就好了。」

「茨姬大人！植物生氣了！請抓緊我。」

「咦？什麼，哇！」

影兒突然大喊，下一刻以迅雷不及掩耳的速度飛離植物狹間。

被發現我是來救由理跟若葉出來的嗎？原本溫和的植物們開始蠢蠢欲動。

糟糕。狹間表面上整片的鐵砲百合，全都一起對準這個方向！

「恭請五陽靈神！退魔炎雷──急急如律令！」

這時，無數靈符如利箭，朝著瞄準我們的鐵砲百合激射而出，描繪出五芒星的圖案，生成烈焰漩渦。

「唔！這是陰陽師的……」

我將目光轉向射出靈符的位置──吾妻橋，那兒站著青桐和狼人魯的身影。

「哎呀～那邊也是姍姍來遲，不過總算是來了。既然現在必須打倒這麼龐大的對手，或許應該齊心合力。」

我們飛到青桐和魯附近後，我從影兒身上下來。

吾妻橋上雖然人來人往，但誰也沒發現我從天而降，這也是多虧了馨施展的隱遁結界。

「青桐、魯，你們來了呀。」

「嗯，不好意思來晚了。我因為別件事出遠門，才剛回來就接到大和的通知，說淺草出大事。不過，那東西還真是驚人耶。」

「那是狹間喔。就連神通廣大的陰陽局，也拿那個毫無辦法吧？」

「嗯，畢竟狹間結界可是妖怪獨有的。有辦法處理的人類，大概只有妳未來的老公吧。」

青桐推了推眼鏡，露出爽朗笑容肯定說道。

「不過呀，我想你剛剛看了也曉得，得在那個狹間上頭開個洞才行，可是非常困難。你看，我的釘棒都變成這副德行。」

我嘆一口氣，將釘棒拿高給青桐看。等我發現時，上面已經長滿亂蓬蓬的雜草，這下子就沒辦法使用了。

「那麼，搞不好這個可以派上用場呢，我們帶了一個東西要給妳。」

「給我？」

青桐朝魯使了個眼色。

魯點頭，向我遞出一樣東西。

那是收在長型黑色布袋，上頭用繩子綁得紮紮實實的東西。

解開繩子，我立刻就明白裡面的東西是什麼。

「這是……」

「嗯，是傳說中茨木童子過去使用的大太刀『瀧夜叉姬』。雖然因為春季百鬼夜行那場騷動，現在是由陰陽局保管，但這次暫時歸還給妳。目標如此巨大，又跟靈力有關，我想應該需要這項武器吧？」

「……呵呵，沒想到你居然會帶『瀧夜叉姬』來給我。先在這裡跟你道謝啦。有了它，肯定就能救出由理跟若葉。」

匡啷，我將爬滿綠草的釘棒放到地上，拿起遙遠昔日珍愛的大刀，接著，將刀拔出刀鞘。

銀色刀刃仍舊絕美、銳利，根本不像一把歷經千年歲月的刀。

我驀地將視線投往遠遠待在河岸邊的馨，他也一直看著這裡。

馨注意到我拿的是瀧夜叉姬，就比手畫腳地想告訴我什麼。

「什麼什麼？這次要用這把刀從球頂的食人植物聚集地刺進去嗎？那裡是外殼的弱點？」

我大概看懂了馨的意思。

「哇，妳看到那樣的手勢，居然連具體細節都能看懂。」

「真紀和馨是心電感應……」

「那不如打電話算了？」

「早說呀。大概是太拚命了，一時腦筋轉不過來。」

青桐跟魯在後方竊竊私語。

的確，電話要有效率得多！

「影兒，過來。」

影兒從後方穿過橋下現身，我持刀從橋上縱身一越，跳上影兒的後背，他立刻加速升空。

啊啊，好冷，身體好像快要結凍了，畢竟我們現在可是直直劃過深冬的夜空。

可是……今晚的月亮、大片雲朵、還有晴空塔，都非常美麗。

「來吧，一決勝負的時間到囉。」

狹間頂端確實亂糟糟地長滿渴望血肉的食人植物，但我立刻就明白應該瞄準的位置。

因為馨在那一點的上方，用自己的結界畫了一個紅色叉叉。

「真紀，那裡是弱點！只要貫穿那一點，就能一口氣摧毀外殼！」

馨單手拿著從組長身上搶來的大聲公，使盡吃奶的力氣大喊。

「馨，了解。」

我以大太刀的刀刃劃破手指，確認鮮血抹上去後，架起刀，從影兒背上直直跳下去。

「茨木大姐，去吧！」

「真紀衝呀！」

「茨木童子大人──啊～？」

從四面八方傳來淺草妖怪們的聲援。

嗯，聽得見喔，即使耳朵都已經快要結凍了。

我揮舞大太刀將襲來的食人植物一一砍斷，偶爾還把它們當作階梯踩，一邊往下直衝一邊砍個不停。

「真紀！刺穿它！」

最後傳來的是馨的聲音。我不禁露齒一笑。

「好喔！沒有我這個茨木童子刺不穿的東～～西～～！」

伴隨著吶喊，我氣勢萬千地持刀對準那個紅色叉叉的中心點，朝那個「弱點」使勁刺下去，連刀柄都掩沒其中。

過往在大江山打造的靈刀——瀧夜叉姬，貫穿巨大植物狹間的弱點。

狹間從那一點開始崩解，裂痕像蛋殼破裂般朝四面八方擴散，下一刻，外殼就喀啦喀啦地碎成一塊塊剝落。

而狹間內部，植物們盤根錯節守護的核心地帶顯露了出來。

水晶——閃閃發光的巨大球型水晶，是這個狹間的核心。

「哇。」

我深受它的美麗震懾，跟那些剝落的外殼碎片一起倒栽蔥朝隅田川摔落。

不過呀，有如深藍色星空的柔軟羽衣飄過眼前，還有白色羽毛。

它們輕輕撫過我的臉頰，下一秒，有人緊緊抓住我的手臂，讓我免於跌進水裡。

羽衣整片飄過眼前後，我才終於明白救我的人是誰。

「哎呀，真紀，好危險呢。」

「……由理。」

眼前是彷彿在黑夜中朦朧浮現的月亮一般，全身散發出青白色光芒的妖怪。

他的另一隻手仍抱著沉睡的若葉。

鵺。

與千年前無異的絕美姿態，讓我頓時說不出話來。

「真紀，還不能安心啦，下面是隅田川喔。」

「咦？哇啊啊啊啊。」

「對不起，我的力氣沒有妳那麼大……」

我的雙腿浸到冰冷的隅田川裡，急切的水流幾乎要把我整個人帶走。

不過由理低聲念道「沉睡吧」，隅田川的水流就暫時靜止下來。

這一帶陷入寂靜。就連隅田川都沉沉睡去。

「真紀，照著我踩過的地方走，這樣就能在水面上移動。」

「……喔，好。」

由理又誦念了某種言靈，接著開始在水面上行走。

長長的羽衣輕輕擦過水面，留下一條宛如銀河般閃閃發光的小徑。

我按照由理的吩咐，亦步亦趨地跟著他踏過的地方走。

砰、砰、砰，足跡發出光芒，波紋朝四周擴散，但我毫無困難地走過水面。

接著，馨在岸邊抓準時機，雙手合掌結印。

「解除消滅！狹間消失結界！」

他下令引爆預先設置好的「狹間解除超狂爆彈」。

破碎而露出內部的狹間，立刻就遭到黑色帶狀物纏繞、覆蓋。

它劇烈震動，急速縮小，突然一切終於靜止，結果下一刻就強勁地彈飛。

嘎啊啊啊啊啊啊——

如玻璃碎裂的尖銳聲音響徹這一帶。

我佇立在水面上，抬頭目送那個狹間的最後身影。

「……多麼美呀。」

在皎潔月光的照耀下，彈飛的狹間碎裂成無數映射七彩光芒的水晶拼圖片，四散而去。

輕飄飄地，閃爍不定地，安靜無聲地。

為什麼呢？凝望著那些光點，因為太過美麗，反而讓人內心泛起一股寂寥。

在除夕熱鬧喧騰的淺草夜空，飄散、飄散、飄散。

粉碎、消失的東西……究竟是什麼？

看到這幅景象，所有在場人士都抬頭凝望著那如花朵般、又如雪片般翩然飛舞的光芒。

「茨姬大人，成功了呢。」

「嗯，影兒也辛苦了。你還救了小麻糬耶……謝謝。」

眷屬八咫烏在身旁降落，他背上還有拚命捕捉如飛舞雪花般碎片的小麻糬。

噹……

宣告淺草新年來臨的除夜之鐘，響徹雲霄

今晚的淺草是座不夜城。

「由理！真紀！」

我們走上隅田川的岸邊後，馨立刻跑過來。

「由理，沒事吧？你這個樣子……」

「……嗯。」

由理依然抱著妹妹若葉，神情溫柔地望著她熟睡的臉龐。

身為月光的化身，背後伸出一對白色羽翼。

特殊的狩衣裝扮，明明現在沒有風卻飄揚的長長腰帶和羽衣，再再展現出地位崇高妖怪的風骨，充滿神祕氣息的身影。

無論是誰，第一次看到這副模樣，肯定都會因為那絕美的風采而暫時無法言語。

「我告訴若葉真名了，而這也代表我的術法已經破解。」

由理終於開口。

「……這樣一來，事情會變成怎樣呢？」

「若葉會失去關於我的記憶，所以我已經不再是繼見由理彥。」

這是我預料到的情況中，最糟糕的那一種。

對以喬裝為主的妖怪來說，一旦真面目遭到揭穿，就必須付出代價。這一點我能理解，可是，就因為這樣……

「這樣真的好嗎？由理，對你來說，那個家、那些家人，不是寶物嗎？一直以來，你比任何人都更重視家人，阿姨、叔叔、若葉都是。從小一路看你走過來，我很清楚喔。」

「嗯，真紀，妳說的沒錯。但是呀，我仍然是個妖怪，我有我自己設下的身為妖怪的規矩，也一直確實遵守著，那同時是我身為鵺這個妖怪的自尊。」

「……那是連失去重要避風港都必須遵守的東西嗎？由理。」

馨並非動怒，只是不得不進一步確認似地真摯發問。

「說真的，我也不太清楚。但是，那是我吃了一個孩子屍體都要待著的宿主。若是真面目被揭穿，就必須離開宿主，那是妖怪的宿命……他們要是知道這件事，那個家、那些溫柔體貼的人們，肯定無法承受。」

或許的確如你所說。

不曉得妖怪存在的人們，要接受是非常困難的。

「那麼，由理，你要怎麼做呢？若葉因為拆穿你的變化之術，付出失去記憶的代價。可是還有你的媽媽、爸爸，跟一大堆認識你、把你當作繼見由理彥的人類在喔。」

馨緊皺眉頭。

由理將若葉放在一旁長椅上，抬頭望向盤腿沉穩飄浮在空中的大黑學長。

「大黑學長……不，淺草寺大黑天大人，請實現我的願望。」

「你說。」

「請改寫所有關於繼見由理彥的記憶，除了那些知道我是妖怪的人類和妖怪以外……您每年會施展相同術法，重新讀一次高三，應該辦得到才對。」

「呵，我確實做得到，但我力量所及的區域有限，也有些人會漏掉喔。」

「沒關係，那些枝微末節我會自己想辦法。」

「那就沒問題，只是我不能平白實現你的願望。為了實現那個願望，你需要向我供奉東西。」

「……那就用我的寶物，也就是我的『避風港』。」

「哦，已經決心不回那個家了嗎？」

「當然，都要消除家人們關於我的記憶了。」

由理的意志似乎相當堅決。

就像是從一開始，他就深深明白這一天肯定會到來。

他沒有表露出絲毫情感，只是淡然處理眼前情況。

「等、等一下，由理。你是認真的嗎？你在淺草度過的時間、記憶，會從許多人心中消失喔。就算我們會記得，但連你最深愛的家人也會忘記喔！」

我忍不住再度質問由理。可是——

「真紀。家人……人類，就是因為我深愛他們喔。」

由理朝我展露完美的微笑，彷彿毫無猶豫似地繼續說：

「就是因為我一直身處在人類和妖怪中間的立場，才更加清楚。人類和妖怪果然有巨大差異。即使多麼想要理解彼此，那也要是原本就知曉兩者存在，才有辦法做到的事……對於從不曉得這世上有妖怪存在的人類來說，要他們接受這件事太難了，我不忍心勉強他們。不可能的，因為他們根本看不見……我說過了吧？強迫他們接受，只會讓他們因為無法承受而崩潰。」

「……」

「沒關係，我已經獲得充足的愛。即使不能再回到那個家，我還是可以繼續守護他們。」

由理的眼神中盈滿對家人的深情。

就只是如此而已。

他獻上自己視為珍寶的那段和繼見家之間的緣分，從他們腦中消除所有關於自己的記憶。即使如此，由理對那個家族的情感，永遠都不會改變。

「那麼，由理子，我現在要授予你能實現願望的大黑印。啊，你已經不是由理子了對吧？」

「我原本就不是由理子，大黑學長。」

「真驚人，連神明都能騙過的那個變化之術太神奇了。這樣我就能明白，學園祭時你扮女生為什麼會那麼像。那時簡直像是已經化身為女生了吧……好，你來這裡低下頭。」

由理站到盤坐在空中的大黑學長前方，雙膝著地垂下頭。
大黑學長從他的頭上方，揮下神器小槌。
叮——悅耳清脆的聲音響起，由理的頭上被蓋上了寫著「淺草寺」的護持印記。
那會實現由理的願望。為此，他供奉自己的「避風港」。
我下意識地搖頭伸出手，但身旁的馨緊緊抓住我的手臂。我抬頭望向他，馨神情肅穆地搖了搖頭。
他說，這是由理決定的事。
「呵，大規模的記憶改寫會消耗大量神力，幸好今天是除夕夜，不管怎麼揮霍神力，反正都有大批人潮來淺草寺參拜，可以無止盡地補充……哇哈哈。」
今晚的淺草寺，就像一座源源不絕的發電廠。由理借助大黑學長壓倒性的強大力量，實現人類不可能達成的奇蹟。
由理睜開雙眼。
這個男人……連一滴淚都不流。
「由理，你以後打算去哪裡？」
「也是呢……該去哪裡好呢？」
「學校要怎麼辦？」
「嗯，上學很開心，我還是想去學校，但既然已消除大家的記憶，可能有困難吧。為了要在現世活下去，或許先找份工作比較妥當。」

他居然已經在考慮現實層面的事。

由理無處可去的背影，像是散發出活過漫長歲月偉大妖怪靈力的迷途羔羊。

抬頭望見的月亮，是美麗的銀色，宛如象徵由理的孤獨。

「那、那要不要來我家？反正就像是增加一隻鳥類妖怪呀。」

「啊啊啊？真紀家絕對不可以啦！由理會被當成傭人使喚！不如來我家好了，由理，而且我一個人住。」

我和馨互不相讓地逼近由理，紛紛開口邀他來自己家，結果由理只回說：「好了好了，我知道你們超愛我，兩人都冷靜一點。」

「是說，你們那棟破爛公寓最近有個空房間喔。而且繼見也可以來淺草地下街工作，我可是超級歡迎！」

組長居然開口挖角。

「雖然我們整屋子都是男的，真不好意思，但阿水家也有多的房間喔。」

影兒自作主張地推薦阿水家。

「這樣的話，請務必來我們陰陽局。如果是鵺這樣名聲響亮的大妖怪，我們會準備好相稱的職位和住處！」

不知何時待在這兒的青桐也開口搶人，眼鏡閃出銳利光澤。是說，由理是鵺這個妖怪的事，他似乎完全理解了。

還有其他在淺草做生意的妖怪們，都紛紛主動對由理說：「來我家啦，我家有空房間也有工作做喔。」

什麼呀，這場挖角大戰。大家都想要提供由理一個新的去處。

由理先朝著大家禮數周到地鞠躬致謝，再抬起臉，有些不好意思地微笑說：

「不過我已經決定，自己接下來要去哪裡了。」

所有人都吞著口水，靜靜看著由理究竟會走向誰的身邊。

不過由理的目光瞬間變冷，朝著坐在稍遠長椅上，一邊吞雲吐霧一邊事不關己地看著這一幕，今天也只是來湊熱鬧的叶老師。

「叶老師，請讓我當你的式神。」

「……咦？」

這句話讓我們非常震驚，雙眼圓睜，嘴巴一張一闔地無法閉緊。

「咦咦咦咦咦咦！」

停頓幾秒後，才驚聲慘叫。

「由理，你發燒了嗎！」

「該不會是在那個植物狹間吃到奇怪的毒菇吧！」

但驚訝無比的似乎不光是我跟馨而已。

就連叶老師原本叼著的那根菸也掉到地上，這個男人顯露出非常少見的表情。

「今天是吹什麼風呀？鵺，居然叫我接收你這種有瑕疵的妖怪。」

「跟你的四神相比，我可是超級節省能量的妖怪喔。」

「……我認為這次的事是你自作自受喔。」

「無所謂。我只是覺得待在不會同情我的你身邊比較輕鬆。」

「……」

「當然也不只是這樣啦。我覺得待在你身邊，似乎就能看出千年前不存在的選項跟可能性。」

「你還是這副德行，想要利用我嗎？」

叶老師臉色不悅，顯得相當不情願。

但他拾起掉落的香菸，插進攜帶式菸灰缸按熄，又像是投降似地大聲嘆一口氣。

「等一下！等一下等一下等一下，由理，你真的要去那傢伙身邊？認真的嗎！」

馨拉住由理的肩膀，臉上表情寫滿了無法理解。

我也一樣。

「當然，馨，我是認真的。畢竟呀……叶老師以前是安倍晴明喔，我得好好看著那個人才行。」

「你不需要做這種事！你又想要介入什麼嗎！」

「呵呵，馨真的好愛擔心耶。不過沒事的，雖然那個人看起來無情，但其實很重視自己的式神。是說，希望他會好好把我當成式神。」

由理本人這麼說，但我仍是握緊拳頭，像個小朋友般用力搖頭。

「不要、不要、我不要！」

「真紀？」

「如果要被那傢伙搶走，由理，你來當我的眷屬！」

「不，當我的。」

「我連馨也不讓喔！」

「我才沒辦法把由理交給妳這種愛亂來的傢伙！」

「好了好了，你們夫妻不要因為我吵架。我已經決定好了。」

「……由理。」

就算我們不想否定由理的決定，但仍舊無法理解。

完全搞不懂。腦袋極為混亂。

你真的、真的就這樣離開繼見家，然後到叶老師身邊嗎？

「真紀、馨，謝謝你們。包容我謊言的不是只有若葉，還有你們。而且你們還原諒了我。」

「當然呀。早就說過了吧？絕對不會叫你騙子的。」

「……真紀。」

由理臉上掛著落寞的微笑，凝視著飄浮在夜空裡的月亮。

宛如自己應該回去的地方，就像月亮般離自己如此遙遠。

「我一直都很害怕。總覺得如果這個謊言被揭穿，就沒辦法再跟你們在一起。」

「為什麼？你是妖怪這件事，還有所有的一切，我們都能接受喔。」

「馨，但是呀，會出現明顯差異的。如果我們之間出現人類和妖怪的那條界線，我……」

這一刻，原本在長椅上熟睡的若葉醒過來，由理驀地打住原本要說的話。

「若葉、若葉，妳沒事吧？」

我跑近若葉，她意識仍舊恍惚，神情顯得十分疲倦。

「我怎麼會在這裡……？」

她果然什麼都不記得了。

我極力平復混亂的心境，小心避免說出會讓若葉感到奇怪的話。

「若葉，身體還好嗎？」

「……還好，只是頭腦好像有點空白。我怎麼會在這種地方睡著？真奇怪，好像小朋友耶……不好意思，真紀，謝謝妳。」

「不會，那我們回家吧。會感冒喔，我送妳回去。」

我和馨一同扶起她，回頭望去，由理的身影已經消失了。

因為若葉醒了，他才離開的吧。

這樣實在太感傷、太寂寞了……

「真紀，怎麼了？」

「沒、沒事，抱歉。我們走吧，回若葉家去。」

我拭去差點湧出眼角的淚水，和仍舊有些恍惚的若葉，一起坐上淺草地下街的車，送她回到繼見家。

雖然已經半夜了，但鵺館仍舊燈火通明，阿姨和叔叔立刻出來迎接。

事情變成了若葉說要跟朋友去淺草寺新年參拜而出門。

叔叔一把抱起若葉走進家裡。

「……阿姨，怎麼了嗎？」

阿姨還在門外四處張望。

「沒、沒事……哎呀，為什麼呢？好像一直覺得有誰會看顧著若葉，所以不會有事似地。」

「……阿姨。」

「好奇怪喔。為什麼，我總覺得內心沒辦法平靜呢？好像，有誰……還沒有回來……」

阿姨手扶著額頭，臉色蒼白。

看到這個畫面，我不禁再度眼眶發熱。

阿姨忘記由理了。

但是她的身體和心底深處仍然憑感覺記得……自己兒子的事。

「真不好意思耶……謝謝你們帶若葉回來。以前若葉還小時，有一次在外頭迷了路，也是馨和真紀帶她回到這個家的吧？那孩子沒有其他兄弟姊妹，你們從那次起就一直很照顧若葉。」

「……」

改寫成這種設定啦。

我和馨面露淺淺微笑，說著「我們下次再過來」道別後，就離開繼見家。

走向組長停在附近的車子時，我伸出顫抖不已的手，捏緊馨的衣袖。

「欸，馨，為什麼呢？」

「……真紀。」

「這是應該要揭穿的謊言嗎？」

原本，對我們來說，那裡是由理的家。

原本，是經常邀請我們去玩、度過許多歡樂時光的家。

我很喜歡阿姨為了由理和我們做的那些豪華便當。

每次放長假都會邀請我們去過夜、找我們出門去玩的體貼家族。

可是，現在那裡連由理曾經存在過的痕跡都消失了。

不管是若葉、阿姨或叔叔，都沒有提到由理的名字。明明他們家四人的感情那麼好，老是讓人羨慕得要命。

若要說造化弄人，也是無可奈何。

只是，為什麼呢？

明明他遠比我跟馨更加、更加地深愛人類。

為什麼比誰都思慕著人類的他……並不是人類呢？

回到家後，肚子實在是餓到受不了，我跟馨沒有多做交談，只是跟往年一樣煮了跨年蕎麥麵。

我們家吃的是南蠻雞口味。將切成一口大小的雞腿肉、長蔥、鴻喜菇下鍋拌炒，再將煮好的蕎麥麵放入以醬油為基底的偏甜柴魚高湯。熱騰騰的蕎麥麵。

除夕夜去大排長龍的淺草寺排隊參拜，回家後，就窩在溫暖的被爐桌吃蕎麥麵，感受跨年的喜悅。

今天的蕎麥麵吃起來更加美味。無論是熱騰騰的高湯也好、便宜的蕎麥麵條也好、焦得恰到好處的香甜長蔥也好，就連在冷凍庫冰了好久的雞肉，都彷若人間美味。

很好吃喔。就連在這種時刻也是。

正因為身心都精疲力竭，又消耗大量靈力，所以吃東西補充到能量的感覺格外鮮明，這一點我也懂。可是……

「嗚、嗚。」

「真紀，要哭還是要吃，妳選一個。」

沒能好好守護由理的、好朋友的珍愛事物。

為什麼我們總是會失去家人呢？

「好吃，好好吃……」

「嗯，我知道，很好吃喔。來，擤一下鼻涕，妳真是個愛哭鬼耶。」

我接過馨遞來的衛生紙，毫不客氣地用力擤鼻涕。

「真紀……今年也多多指教囉。」

「嗯、嗯。今年也……以後也要一直在一起喔，馨。」

就這樣，我們迎接了新年的到來。

〈裡章〉若葉知道它的花語

好似作了一場好長好長的夢。

我從床上坐起身，回想自己到底是何時睡著的。

啊啊，對了。我記得跟爸媽說要和朋友去新年參拜後就出門了，然後不曉得為什麼，醒來時在隅田川的岸邊長椅上。

是真紀和馨送我回家的嗎？

不過，感覺我好像忘記了什麼更重要的事……

是說，我原本有打算要去新年參拜嗎？我有跟哪個朋友約好要去嗎？

拿起手機確認一下時間，現在是一月二日的凌晨兩點。

我整整睡了一天嗎！

窗外射進的月光太過明亮，我輕輕撥開窗簾。

明亮的夜空中一朵雲都沒有，月亮朦朧地高掛其中。

像是有什麼引領著我的視線往下方看，那兒是我種了許多植物的陽光房。

「……咦？」

剛剛，裡面好像有人影在動。

照理說平常我會嚇得半死，但現在胸口驀地揪緊，我慌忙跑出房間。

踏進陽光房一瞧，四周一個人影都沒有，非常安靜，就連植物們似乎都睡著了。

只是我平常喝下午茶的露台桌上，擺了一個東西。

「……這個……」

勿忘草的押花書籤？

的確是我聖誕節之前做的。做是做了，可是我為什麼要做這個？

是想要送給誰嗎？為什麼會在這裡……？

「花語是……什麼呀？」

我感到混亂不已，不禁伸手按住頭，試圖回想起來。

勿忘草的花語，我記得……記得是……

『別忘了我。』

——誰？

說出那個花語的「某個人」聲音，在腦海深處響起。

那是誰的聲音呀？我想不起來。

但感覺我一定認識這個聲音的主人。

明明什麼都不曉得，眼淚卻撲簌簌滑落……我將勿忘草書籤壓在胸口，仰頭望著天花板。

透過玻璃，能夠看見朦朧的光亮。不，是月亮注視著我。

「你……是誰？」

我將手伸向絕對無法觸及的月亮。

記憶的拼圖沒辦法完美地拼在一塊兒。

感覺這塊也不對、那塊也不對，即使接二連三地換了好多塊拼圖，但還是對不上。

內心這股焦急不安的心情，究竟是什麼？

——別忘了我。

只有那個「聲音」，深深烙印在我的心裡。

第八章

終於，妖怪夫婦重新認識你的名字

接下來，新年的那三天，我沒作初夢（註3），也沒有見到由理。

他現在如何呢？

話說回來，現在還叫他「由理」，是不是很奇怪呢？

由於除夕那晚經歷了那麼一場大騷動，我元旦當天睡了一整天，第二天也和馨一起無所事事地發呆，直到第三天才終於去淺草寺新年參拜。

是說，那個地方即使到了正月初三，人還是多到不可思議。

「欸，真紀，由理該不會打算就這樣從我們面前消失吧？」

在新年參拜的歸途上，馨突然說出這種話。

「怎麼可以？絕對不可以啦！我們了解由理的苦衷，也接受由理是妖怪這件事，他為什麼還要遠離我們呢？」

我面露不安神色。馨瞄了我一眼，又淡淡地接下去說：

「……那天晚上，由理最後話只說到一半，我想他搞不好原本是打算道別。那傢伙是妖怪，而且一直讓我們蒙在鼓裡，就算我們兩個能夠原諒他，但要是他自己懷有罪惡感，或者是……」

馨講到這兒就打住，皺起眉頭，表情十分凝重。

無論是我或是馨，都還有一些部分無法理解。

「我想由理是……想要跟我們一樣。」

「嗯，所以才連我們都沒有坦承。那傢伙希望自己無論在誰眼裡，都是人類的繼見由理彥吧。」

嗯，肯定是這樣。

由理是個比誰都還要憧憬人類、渴望變成人類的妖怪。

正因為他說出的話會變成強而有力的言靈，所以選擇不對任何人坦白真相。

只要跟一個人說了，那就會變成事實，變化之術便會出現破綻……

「喂，繼續恍神會跌倒喔。接下來要去千夜漢方藥局吧？要買點東西過去嗎？」

「喔，好呀，那就……大家都喜歡的糖炒栗子？」

小麻糬聽到糖炒栗子這四個字，立刻抬起臉，「噗咿喔！」地叫了一聲，高舉兩隻翅膀表示贊成。

所以，我們在半路上的專賣店買了一袋糖炒栗子，繼續往千夜漢方藥局走去。

註3：初夢在現代通常是指元旦或一月二日的夜裡作的夢，依這場夢的內容，能夠占卜接下來這一年的吉凶。

藥局正在放年假沒開，我們爬到二樓玄關按門鈴，門打開的那瞬間——

「嗚哇啊啊啊啊啊，真紀啊啊啊啊啊！」

阿水哭著衝出來，緊緊抱住我。

「發、發什麼事了？阿水，新年快樂。」

「新年快樂嗚嗚嗚嗚！還有對不起哇嗚嗚嗚！要是當時我在，就能輕易解決那些植物！可以製作除草劑灑上去！」

「結果，這傢伙除夕那晚在津場木家享受美酒，一路鬧到早上的樣子……喂，大叔，你給我放開，緊抱高中女生不放是犯罪行為喔。」

阿水原本緊緊黏在我身上，但最後還是被馨拉開，又開始嚎啕大哭起來。

沒錯，除夕那天，阿水絲毫不曉得淺草出大事。

隔天他醉醺醺地回到家，才從影兒那邊聽到事情經過，似乎非常懊惱沒能貢獻所長。

特別是影兒又在他面前得意地炫耀自己大顯身手……

「阿水，沒關係啦，你是去工作的呀。巴郎先生恢復精神了嗎？津場木家的除夕和新年，排場應該很豪華吧？」

「咦？啊，嗯。巴郎先生後來立刻就活蹦亂跳啦，看他那副模樣，還可以活個三、五十年沒問題。所以他們邀我一起參加宴會，用A5等級的黑毛和牛煮壽喜燒喔，還端上超級好喝的酒，我喝得爛醉如泥。還有呀，年菜也是米其林三星餐廳的和洋融合料理。」

「聽起來根本無敵開心的吧。」

我們在艱苦奮戰時，阿水居然正在享受優雅的除夕夜……

一直站在玄關講話也不太妥當，我們就進阿水家裡打擾。

阿水愛整潔，房間風格是走現代中國風的時尚裝潢。他家總會點著好聞的焚香，讓人一踏進來就感到舒適放鬆……

「啊，茨姬大人！還有小麻糬跟馨大人也來了！歡迎。」

影兒似乎是聽到我們的聲音，砰地拉開盡頭和室的壁櫥拉門，飛奔過來。

和室裡充滿小麻糬的玩具，只有這一間顯得有些凌亂。

「影兒，你還是睡在壁櫥裡喔。」

「這裡最令人安心。」

影兒朝我抱在懷中的小麻糬伸出手，結果小麻糬就揮舞手腳，掙扎著想去找影兒。真像一對感情好的兄弟。

「我明明有好好在榻榻米上鋪床給他睡……」

「囉嗦，阿水！你這個派不上用場的傢伙閃邊去！」

「影兒他！那個沒用的影兒他！居然說本大爺是派不上用場的傢伙！」

「我可是茨姬大人的眷屬喔，只要能幫上茨姬大人的忙就夠了。跟在關鍵時刻缺席的傢伙不同。」

「啊啊啊啊啊啊！」

阿水趴在地上懊惱大喊，而影兒得意洋洋地抬高下巴。

「哦，看來因為除夕夜那場騷動，兩人的地位起了變化呢。」

一旁的馨則是冷靜地觀察兩人的互動。

「你們兩個，拜託，我不是說過要好好相處嗎？兩個人就鬧成這樣，要是再加上凜，不曉得會變成什麼模樣……？」

「咦？凜也會來嗎？」

「過一陣子吧。不管怎麼說，那孩子跟以前一模一樣。雖然還是很難搞。」

阿水神情複雜地交叉雙臂抱在胸前，「嗯……」地沉吟一聲。

「雖然這麼說，但這次如果沒有凜多管閒事，就不會發生鵺大人那件事，應該能繼續維持之前的情況吧？」

「……真的是這樣嗎？感覺上也只是時間早晚的問題。」

「哦，馨沒有生凜的氣嗎？」

「我當然覺得他還是跟以前一樣，是個專惹麻煩的傢伙。可是，凜音只是從旁協助若葉實現她的夢想和願望而已。既然若葉已經發現由理的真面目，那實在無法責備她想要了解由理的心情。」

「也是呢……雖然我們希望能維持原樣，但謊言終究是會被拆穿的。」

正因為妖怪蒙騙人類，所以會遭人類揭穿底細。
若葉既然擁有玉依姬的才能，那麼，這件事遲早會發生，這一點不難理解。
只是我們還無法從衝擊中恢復。
長久以來，我深信著我們是一起長大，深信著我們同樣轉世成為人類。
正因如此，我跟馨到現在還是非常失落，也無法揮去內心的不安。會不會從此我們就再也見不到由理了呢？
我們就是如此仰賴、倚靠由理。
畢竟他是讓我們兩夫婦相遇的重要好友。
可是，現在還有其他事情必須思考。
「欸……凜說過，追捕妖怪的『狩人』盯上淺草了。高等妖怪似乎容易變成目標，你們在淺草這件事已經傳到各地，一定要多小心，不要自投羅網呀。」
「好～」
阿水和影兒這種時候就默契絕佳地一同舉起手，乖乖應好。
真是的，到底感情是好還是差呀？而且這件事非常嚴重，他們有沒有聽懂？
「這麼說起來，那隻貘結果跑去哪裡？」
「那時候半途讓牠逃走了。這件事已經交由陰陽局全權處理，退魔師正盡全力追捕牠。不過那隻小東西，是少見沒有氣味的妖怪，或許很難發現牠的蹤跡。如果可以順利找到就好了。」

只是，如果牠已經逃到遠方逍遙自在，那也很好。雖然確實是具備危險性……在別的國家被抓到後，又被運來自己不熟悉的地方，經歷了不愉快的旅程，結果還牽扯上若葉的那場騷動。希望牠至少平安無事。

如果牠來找我們求助，就當這次的事情沒發生過，幫牠一把吧。

後來，一直到寒假結束為止，我幾乎每天都到鶇館附近晃晃。

雖然也是擔心若葉、阿姨和叔叔的情況，但主要是想知道由理有沒有過來這裡。

可是不管我去幾趟，都沒有遇上他。現在是寒假，也碰不到叶老師，完全不曉得由理現在的狀況……

有一次偶然碰上若葉，受邀進陽光房喝花草茶。她一臉不好意思地告訴我「我元旦睡了整整一天」，不過後來身體狀況似乎一直都非常好。

若葉的氣質似乎略有不同，是我心理作用嗎？

我也曾在叔叔和阿姨工作空檔時遇過他們，兩人跟往常一樣溫柔親切，但如預料中地不記得由理的事。

由理曾經存在的痕跡，絲毫不剩地從這個家中消失了。

我從陽光房走進屋內時，待客室飄來線香的氣味，所以我探頭一瞧，發現裡頭有個小巧的佛壇，上面擺著一張跟幼稚園時期的由理長相十分相似、但又略微不同的少年照片。

瞬間，我全懂了。

所有一切都回歸真實原貌。由理只是將他借來的那個孩子的人生，以那個孩子原本該有的歷程，還給這個家而已。

但我還是感到十分寂寞。

畢竟，是真的吧。

由理確實曾經存在過這個家裡面。

「欸，真紀……」

要回家前，若葉神情困惑地叫住我。

「啊，沒、沒事。而且我最近常常忘東忘西的，可能是我搞錯了。」

她看起來有些混亂，所以我用平穩的語調關切：「怎麼了嗎？」

若葉仍是一臉不確定地慢慢回答：

「我好像忘記什麼重要的事情。好像有個我非得想起不可的人存在……明明我什麼都不記得，卻老是覺得胸口悶悶的。」

「……」

「我只記得他的聲音。那個人……明明對我說『別忘了我』。」

若葉這句話，讓我看見一線曙光。

對了，若葉身為玉依姬的能力正在覺醒。
就算她現在忘記由理，或許有一天，在某個地方，她還是能找到他……
所以我拉起若葉的手握緊，對她說：
「如果若葉想要找『那個人』……我不會反對這件事。」

新學期很快就到來。
第三學期。高二生涯也所剩無幾了。
「早安，真紀，來，這是土產，鳳梨巧克力。我去沖繩玩回來了！」
「早安，茨木，除夕夜妳有看《紅白》嗎？」
「早～我去夏威夷過年了～～還照了好萊塢名流們的照片喔！」
七瀨、丸山、小滿三人，七嘴八舌地分享寒假的回憶。
於是我假裝隨口問道：「欸，妳們今天有看到繼見嗎？」
「繼見？誰呀？」
但三人都只是歪頭反問。就連以前那麼愛以由理當主角妄想詭異情節的丸山，還有拚命打探八卦消息的小滿，都不記得了。
也是呢……只是，感覺好不可思議。

我的座位在窗邊最後一個，從這裡能看到由理的位置還在。

「大黑學長忘記消除那個座位嗎？」

「應該是就算留著也不會有影響吧？反正就是個空座位。」

我和坐在前面座位的馨，交頭接耳地小聲討論。

空座位。過去總是不經意看著的由理背影，模模糊糊地浮現腦海。

背脊挺直、以男生來說稍嫌纖瘦的背影。

細軟髮絲常常隨著窗外吹來的微風飄動。

由理立刻會注意到這種小地方，馬上轉向窗外，感受著季節的變化，品味這一刻的悠然美好。

無論何時我都能清晰想起，他那張溫柔微笑的側臉。

「大家回座位。」

走進教室的是徹底藏起平常毫無幹勁的一面，身穿白袍、帶著爽朗笑容的叶老師。這傢伙是哪位？

「你們的導師濱田老師因為流感請假，在濱田老師回來之前，由我暫時代理班導職務。」

班上女生頓時興奮不已。

叶老師在那張爽朗笑臉還沒崩壞之前，又向全班宣布另一件事。

「其實你們班來了一位轉學生……進來。」

全班頓時議論紛紛，喧鬧起來。就連原本在發呆的我，還有在前面座位看著打工徵人資訊的馨，都抬起頭望向講桌方向。

走進教室的那位轉學生，穿著看起來全新但其實已經用了好久的這間學校制服。不過，好像跟以前的他略微不同。

在溫柔的微笑中，透著妖怪特有的威嚴和妖氣。確實散發出妖怪的氣味。

那是他至今連在我們面前都一直極力隱藏的東西。

可是，這樣呀。

就算現在仍是假扮成人類，但你接納了自己「身為妖怪」這件事。

「大家好，我是夜鳥由理彥。請各位多多指教。」

他注視著我們，說出新的名字，同時是那個無法捨棄的名字。

接著，叶老師在黑板上寫下那個名字。

由理將從這裡重新開始。不再是其他任何人，而是身為他自己。

展開為了讓自己獲得幸福的故事。

然後，由理在坐進座位前，先走向我跟馨的方向，就像平常一樣，露出有些困擾的神情笑了。

「我回來了，馨、真紀……我現在是這副模樣，你們還願意跟我當好朋友嗎？」

我簡直像是好幾十年沒見到那張臉。

我跟馨都衝動地站起身，毫不遲疑地緊緊抱住由理。

我們嚎啕大哭，不顧周圍好奇的目光，哭得超級悽慘。

「歡迎回來，歡迎回來，由理！你這個笨蛋，到底跑去哪裡！」

「哈哈，我們還是一定要三個人到齊才行啦！」

「真是的，你們哭得太誇張了，才一個禮拜沒見而已……不過，謝謝，我已經沒事囉。」

彷若從前的交談，又讓我內心湧起無限感慨。

就連周圍嫌棄的目光都絲毫無法影響我。

三個臭皮匠勝過一個諸葛亮。畢竟我們是相互截長補短，一路並肩走來的最強三人組。

不管未來會發生什麼事，現在這一刻，我深信誰都打不倒我們。

後記

各位讀者好，我是友麻碧。

「淺草鬼妻日記」系列也走到第四集了，時間過得好快。

這次的舞台回到淺草（雖然還是有到處亂跑……），平常都是由真紀和馨擔任主角，但這集的聚光燈是打在他們的好友由理身上。

這一集的內容接續著第三集，也是我一直特別想描寫的故事之一。

至今由理甚少將自己的內在世界表露出來，但這集的故事或許可說在各方面，他喬裝的那層皮都漸漸剝落……

還有，這次真紀和馨前往江之島。那是在上一集就已經預告的江之島約會。

江之島……是情侶的聖地。

雖然朋友事先警告我「千萬不要一個人去喔」，但我還是決定獨自前往。

哎呀，確實有很多情侶和精力旺盛的年輕人，一開始真的是如坐針氈（笑）。但在江之島吃到的海鮮蓋飯和江之島蓋飯十分美味，映照著落日餘暉、閃閃發光的湘南海面美得不可方物，江島神社和江之島岩屋神祕的氣息深深吸引了我，所以從半途開始，我也不再介懷一個人這件事，玩得很開心，反倒成了印象特別深刻的觀光景點。

可惜的是，寫這篇後記的現在，聽說江之島岩屋由於颱風的影響而遭到封閉，不過仍然能去江島神社參拜。那裡的海鮮非常鮮美，還能愉快地享受邊走邊吃的樂趣，希望各位有機會務必去走走。

我相當推薦。一個人去也沒問題，很快就會習慣的。

接下來是個好消息。

我想應該也會寫在書腰上。「淺草鬼妻日記」系列即將要推出漫畫版（註4）。

而且是雙重連載！太豪華了！開心！

其一是在網路平台 Pixiv Comic 裡的「B's-LOG CHEEK」刊載。

另一個則預計在《月刊 Comp-Ace》上開始連載。

由兩位漫畫家繪製，朝不同的兩個方向發展的《淺草鬼妻日記》漫畫版，敬請大家期待。

呵……現在是三月，也就是說……下個月是四月……（廢話）

不，對我來說，今年四月是特別的！

註4：後記提及的均為日本出版資訊。

我的另一部系列作品《妖怪旅館營業中》預計從四月起，電視版動畫就會開始播映。沒錯，我已經因為這件事興奮不已。

播映電視台與配音員名單等各種詳細資訊，已經公布在官方網站或推特上，對這部作品也有興趣的讀者，請千萬不要錯過！

富士見L文庫的責任編輯，手上不僅負責我的兩部系列作品，同時還要處理動畫版與漫畫版的相關事宜，非常辛苦，真的很感謝您一直以來的關照。

此外，繪製插畫的あやとき老師，謝謝您這次也畫出精美的封面。在植物茂盛、充滿透明感的圖中，角色們展現出與至今略微不同的神情，讓我看了很欣喜。正中央那一位實在太美了呢……漫畫版也即將展開，想必往後會需要您更多的協助，麻煩您了！

還有，各位讀者。

這個系列之所以能夠穩定出刊，都是由於各位發現了這部作品，並且一路支持我到今天。各位透過推特或信件讓我知道感想，也讓我深受鼓勵。謝謝大家一直守護著我。

第三、第四集都與「謊言」有關，接連兩集故事內容都相對沉重，因此下一集我想描繪愉快又豪爽、具有他們風格的日常軼事。

讓馨和真紀這對老夫老妻反過來展現純真情侶的一面、關於各個眷屬的工作故事、由理究竟能不能跟叶老師的式神們相處融洽呢？諸如此類的內容。我會愉快地試著寫出來。

第五集預計在夏季時發行。

為了讓各位能順利看到後續，我會孜孜不倦地繼續創作，今後也請多多指教。

友麻碧

輕文學 Light Literature

在銀白世界與「老朋友」重逢之後，
葵會用北方特產做出哪些熱呼呼、暖胃又暖心的美味料理？

妖怪旅館營業中 1~8

友麻碧／著　蔡孟婷／譯

被去世祖父當成債務擔保品的女大學生葵，被迫成為妖怪旅館「天神屋」大老闆的妻子。就在兩人的關係頗有進展時，大老闆卻失去蹤影……為了尋找失蹤的大老闆，葵前往北方大地尋求支援。在這坐擁美景卻處於封閉狀態的雪之國度，等待著她的是各種不為人知的珍味土產，以及熟悉的那位「老朋友」！

定價：各 NT$280~320/HK$85~98

輕文學
Light Literature

©Hazuki Takeoka 2017

夏天即將到來，但葉二與真守卻將面臨戀情的最大危機？
甜蜜的園藝戀愛物語，第四集美味登場！

陽台的幸福滋味 1~4

竹岡葉月／著　古曉雯／譯

栗坂真守和帥哥兼陽台菜園宅亞瀉葉二，兩人既是情侶，也是鄰居。
在迎來夏季以前，接二連三遇上財務危機的真守，總算找到了舊書店兼職工作，讓真守的缺錢危機解除！但……去年向她告白過的佐倉井同學竟也在舊書店打工？而兩人一起工作的模樣，竟被葉二碰巧撞見……

定價：各 NT$260~280/HK$78~85

國家圖書館出版品預行編目資料

淺草鬼妻日記．四，妖怪夫婦未知的摯友之名 / 友麻碧作；莫秦譯．-- 初版．-- 臺北市：臺灣角川，2019.02
面；　公分．--（角川輕文學）

譯自：浅草鬼嫁日記．四，あやかし夫婦は君の名前をまだ知らない。
ISBN 978-957-564-736-0(平裝)

861.57　　107022167

輕文學 Light Literature

淺草鬼妻日記 四 妖怪夫婦未知的摯友之名

原著名＊浅草鬼嫁日記 四 あやかし夫婦は君の名前をまだ知らない。

作　　者＊友麻碧
插　　畫＊あやとき
譯　　者＊莫秦

2019年2月12日 初版第1刷發行
2023年3月15日 初版第2刷發行

發 行 人＊岩崎剛人
總　　監＊呂慧君
總 編 輯＊蔡佩芬
主　　編＊李維莉
美術設計＊吳佳昀
印　　務＊李明修（主任）、張加恩（主任）、張凱棋

台灣角川

發 行 所＊台灣角川股份有限公司
地　　址＊104台北市中山區松江路223號3樓
電　　話＊（02）2515-3000
傳　　真＊（02）2515-0033
網　　址＊www.kadokawa.com.tw
劃撥帳戶＊台灣角川股份有限公司
劃撥帳號＊19487412
法律顧問＊有澤法律事務所
製　　版＊尚騰印刷事業有限公司
I S B N＊978-957-564-736-0